O. F. SCHWARZ

KOKAIN
DEINE LETZTE STRASSE...

THRILLER

Graphik & Layout:
Hannes Zellner, 2362 Biedermannsdorf
Foto:
Hannes Zellner, 2362 Biedermannsdorf
Herstellung und Verlag:
BoD – Books on Demand, Norderstedt

*Die Handlung der Geschichte ist frei
erfunden. Jede Ähnlichkeit mit lebenden
oder toten Personen ist nicht beabsichtigt
und wäre daher rein zufällig.*

Handlungsort: Wien

Personen:

Ahmadi Karimi

Alter 29 Jahre, geboren in Pulalak, im Süden Afghanistans. Ahmadi ist nur einen Meter sechzig groß, alles an ihm ist dunkel, seine Haut, seine langen Haare, seine Augen und auch seine Stimme. Durch nicht unbedingt gesunde, aber höchst schmackhafte Ernährung schleppt Ahmadi etwa dreißig Kilogramm Körpergewicht zuviel mit sich herum. Immer schon war Ahmadi ein Mensch von großem unerschütterlichen Optimismus gewesen und die Entscheidung, sein Heimatland und dadurch auch seine Eltern zu verlassen, um in Europa mehr Geld zu verdienen, zeugen von seiner Lebenseinstellung.

Samim Karimi

Samim ist drei Jahre jünger als sein Bruder Ahmadi. Er ist groß gewachsen, dürr und geht immer, wie es bei sehr großen Menschen oft vorkommt, leicht nach vorne gebeugt. Er trägt einen Igelschnitt, unter seiner niederen Stirne und dichten schwarzen Augenbrauen blickt ein schwarzes Augenpaar immer etwas misstrauisch in die Welt. Sein unter einem schmalen Mund mit dünnen Lippen hervorspringendes Kinn soll Vitalität vermitteln, dem jedoch ist nicht so: Samim ist ein eher ängstlicher Typ und verlässt sich, was seine privaten Entscheidungen betrifft, zu einhundert Prozent auf seinen Bruder Ahmadi.

Nach dem Besuch der Grundschule versuchten beide, mit diversen Jobs, Geld für ihre

Familie zu verdienen. Alles war sehr, sehr mühsam, ihr Einkommen reicht nie aus, um Mutter, Vater und sie beide zu ernähren. Ihr Vater betrieb einen kleinen Holzhandel, der im Grunde keinen Gewinn abwarf und so blieb der Hunger im Hause Karimi Stammgast. Durch einen eben aus Deutschland zurückgekehrten Schlosser erfuhren die beiden Brüder, dass man in Europa mit einfachen Jobs rund zehn Mal so viel verdienen konnte, als hier in ihrem Heimatland. Also entschlossen die beiden, das Wagnis einzugehen! Mit geborgtem Geld von Freunden und Verwandten schafften es Ahmadi und Samim dann bis nach Österreich.

Jana Schwertner, Servierkraft

Jana, 41 Jahre, vor fünfunddreißig Jahren mit ihren Eltern aus Güssing nach Wien übersiedelte Burgenländerin, arbeitet seit bereits achtzehn Jahren als Bedienung im Café Gerwin im 5. Wiener Gemeindebezirk. Durch Zufall wird sie Zeugin einer seltsamen Begebenheit in ihrem Lokal und erfasst sofort, dass sie Zeugin eines Treffens mit tödlichem Ausgang geworden war! Jana ist nicht dumm und schlägt aus ihrem Wissen von dem afghanischen Dealer eine für sie doch erkleckliche Summe an Schweigegeld heraus!

Roman Lobner

39 Jahre alt, Drogendealer. Hat durch Zufall erfahren, dass im Café Gerwin über einen Afghanen erstklassiger, teuerster Stoff mit nicht geklärter Herkunft vertrieben wird. Er bedroht die beiden Afghanen Ahmadi und Samim mit dem

7

Tode, wenn sie ihm nicht ihren gesamten Bestand an Kokain kostenlos überließen! Allerdings hat er sich verrechnet: Ahmadi, der ihr höchst einträgliches, ruhiges Geschäft durch diesen Aggressor ernstlich bedroht sieht, wandelt sich urplötzlich zum eiskalten, skrupellosen Geschäftspartner!

Der Rabbi

Jüdischer Geldverleiher mit halb-sauberem Charakter. Niemand kennt seinen wirklichen Namen, sein Laden ist auf einen Bekannten angemeldet. Entstammt einer russischen Groß-Familie, die außer dem Rabbi selbst durch einen verheerenden Brand in einer Urlaubs-Hütte komplett ausgerottet wurde. Wie er zu der Bezeichnung *Der Rabbi* kam, ist ungeklärt, vielleicht deshalb, weil er des Öfteren im traditionellen jüdischen Kaftan vor seinem Laden steht und die Straße beobachtet. Hilft finanziell oft auch dort, wo sonst niemand mehr helfen möchte, allerdings mit entsprechend hohen Zinsen. Er betreibt offiziell einen Armbrust-Laden in Wien, kennt durch seine vergebenen Kredite die gesamte Drogen-Branche und unterhält natürlich auch erstklassige Kontakte zu nicht ganz sauberen Geldeintreibern.

Günther Lichtsam

Intimfreund von Pierre Mounier, schwul, Alter 36, Körpergröße ca. 1,80, Haare brünett, Igelfrisur, geb. in Gaweinsthal im niederösterreichischen Weinviertel. Bekam nur spärliche Aufmerksamkeiten seitens seiner Eltern und kam schon als 17-Jähriger nach Wien zu einer weitschichtig entfernten Tante. Aber auch hier gab es keine Liebe, kein Lob oder Zärtlichkeiten, ausschließlich ungerechtfertigte Zurechtweisungen oder Hiebe. Nach der Hauptschule besuchte er einige Monate lang eine technische Abendschule, wo er das Fach Nano-Technik belegte. Da ihm aber kontinuierlich das Geld zum Leben fehlte, beendete er diese Schule, um anderweitig und auf leichtere Art zu Geld zu kommen. So sackte Günther langsam und unaufhörlich in das Drogenmilieu ab und lebte fortan als Rauschgift-Dealer. Allerdings hatte er schon frühzeitig erkannt, dass mit dem normalen Stoff nicht unbedingt das große Geld zu machen war: er baute sich mit zwar teurem, aber erstklassigem Kokain eine gut betuchte Klientel auf. Und in dieser Zeit lernte er Pierre Mounier kennen…

Er war dann für die Geldübergabe irgendeines Riesen-Deals rätselhafterweise in Pierres Wohnung in Wien verabredet. Mit wem, ist vorerst unbekannt.

Harry Maroón

Alter 37, geschieden, Körpergröße 182 cm, Haare dunkelbraun, voll, glatt zurückgekämmt, Augenfarbe: grau, gutes Aussehen, sportliche Figur, kleidet sich immer modisch, trinkt sehr gerne österreichisches Bier, hält gar nichts von gesunder, sondern eher von schmackhafter Ernährung. Bekleidet den Posten des Cheftechnikers in Österreichs größtem Motorenentwicklungs-Werk, der Fa. *Allheimer & Spor.*

Pierre Mounier

Ist seit Kindertagen Freund Harry Maroóns, schwul, Alter 38, Körpergröße 1,75, Haare dunkelblond, gescheitelt, Augenfarbe strahlend blau, ist gar nicht sportlich, achtet jedoch mittels regel-mäßigen Besuchen in diversen Fitness-Studios sehr auf seine Figur. Spricht nur selten dem Alkohol zu, außer, er sitzt mit seinem Freund Harry auf ein Bier zusammen: da läuft's dann aber ordentlich. Trägt zwar immer sehr teure, doch auch ein wenig zu dandyhafte Garderobe, bekleidet den hochbezahlten Posten des Chef-Biologen in einem großen, weltbekannten Forschungslabor in Mödling bei Wien.

Oberstleutnant Dr. Gustav Regner

Ermittlungsjurist des Landeskriminalamtes West, Alter 56, verheiratet, mittelgroß, weißblonde Halbglatze, hat ein geierähnliches Gesicht, seine eng zusammenstehenden schwarzen Knopfaugen durchbohren praktisch seine Gesprächspartner. Seine wulstigen Lippen um den großen Mund wirken wie eben geschleudert aus der Waschmaschine entnommen und noch feucht aufmontiert. Er trägt immer einen mürrischen Gesichtsausdruck mit sich herum, dahinter allerdings versteckt sich ein brillant kombinierender Geist. Dr. Regner hat eine stämmige Figur, seine Hände stecken immer, wenn auch das eine oder andere Mal unhöflich, in den Hosentaschen: somit erzeugt er bei seinem Gegenüber zumeist irreführenderweise einen eher lockeren und gemütlichen Eindruck.

Dr. Hubert Lehner

Mitinhaber der Firma Allheimer & Spor, dem einzigen und größten Motorenentwicklungswerk in Österreich. Alter 64, 1,98 groß, etwas übergewichtig, Halbglatze mit weißem, seitlich spärlichem Haar, randlose, getönte Brille, läuft ausschließlich in dunkel- oder marineblauen Zweireihern, blauen Hemden und Krawatten in allen erdenklichen Rot-Tönungen herum. Offenes, ehrliches Auftreten und lebt auch so.

Sven Greggson

DER Häuptling, einer der ganz, ganz Großen in der Branche! Sven Greggson sieht auf den ersten Blick aus wie ein eben vom Schiff gesprungener Matrose eines Fischkutters! Er ist von mittlerer Statur, hat blonde, hinten zu einem Zopf gebundene Haare und besieht sich die Welt mit seinen wasserblauen Augen. Alles an ihm ist nordisch: die Augenbrauen, der Schnurrbart, die Behaarung seiner Arme, alles ist blond! Über seinem schmal--lippigen Mund sitzt eine große Hakennase und das stark vorspringende Kinn verleiht seinem Gesicht einen energischen, aber auch brutalen Ausdruck.

Sergej Soronjew

Alter 40, geboren in Senta, Nord-Serbien, kam mit fünf Jahren mit seiner Familie nach Österreich. Besuchte den Kindergarten, Volks- und Hauptschule und verließ danach die Familie, die ihm mit ihren laufenden Ermahnungen hinsichtlich Arbeitssuche zu lästig wurde. Alles an Sergej ist brutal: seine Figur, seine Bewegungen, seine Gesichtszüge und sogar seine Stimme klingt aggressiv wie das Gebell eines wütenden Hundes! Sergej hat Zeit seines Lebens nie wirklich gearbeitet.

Wo etwas zu holen ist, Sergej macht mit! Rutschte ab in das Drogenmilieu, allerdings

ausschließlich als Dealer, er machte glücklicher-
weise nie selbst von dem Gift Gebrauch. Arbeitet
schon seit einigen Jahren treu und kompromisslos
als der *Mann fürs Grobe* und als Leibwächter des
Dealers Sven Greggson.

Nero

Sven Greggsons einziger und ebenbürtiger
Konkurrent auf dem Markt ist der aus Armenien
stammende Nero. Ein dunkelhäutiger, unter-
setzter Typ mit schwarzem Kraushaar, tiefdunk-
len Augen, die ihr Gegenüber eigentlich nie
direkt ansehen. Seine kurze, stark gebogene Nase,
ein schmaler Mund und ein vorspringendes Kinn
zeugen von vorhandener krimineller Energie.
Nero spricht mit leiser, heiserer Stimme und
unterstreicht jedes seiner Worte in echter süd-
ländischer Art und Weise mit entsprechender
Gestik. Über den Rauschgifthändler Nero, dessen
richtigen Nachnamen niemand kennt, ist nur
soweit bekannt, dass er bereits als sechzehn-
jähriger wegen einer tödlichen Familienfehde in
seinem Heimatort ins Ausland flüchten musste.

Die neue Heimat

Die Brüder Ahmadi und Samim Karimi waren vor gut 15 Jahren aus Afghanistan nach Österreich gekommen. Die Eltern waren in Pulalak geblieben, sie wollten nicht oder hatten auch nicht mehr die Kraft, irgendwo anders ein neues Leben zu beginnen! Die zwei Söhne versprachen ihren Eltern, immer ein Drittel von dem, was sie in der neuen Heimat verdienen würden, nach Hause zu überweisen! Dann waren sie in Wien gelandet. Ihre bereits hier ansässigen Landsleute hatten ihnen für die erste schwere Zeit hinweggeholfen, aber einen festen Job zu finden, das wollte einfach nicht klappen! Ahmadi durfte sporadisch im Lokal eines Landsmannes für einige Tage aushelfen und sein Bruder kämpfte sich mit Gelegenheitsarbeiten schlecht und recht durch. Zum Leben reichte das jedoch keinesfalls, geschweige denn, ihren Eltern in Kabul monatlich Geld zu überweisen!

Ahmadi lernte eines Tages in dem Lokal seines Freundes einen Afrikaner aus Nigeria namens Koyata kennen. Sie kamen ins Gespräch und Ahmadi war sowohl von dem gepflegten Aussehen als auch von dessen eleganter, sauberer Kleidung angetan! Dazu kam, dass der Nigerianer eine auffällig leichte Hand für´s Geld zeigte. Auf Ahmadis Frage, wie der Bursche denn zu diesem interessanten Wohlstand gekommen wäre, gab der ihm bekannt, dass dies eine eigentlich einfache Angelegenheit wäre: würde er von einer speziellen Klientel täglich an einem noch zu bestimmenden Platz in Wien anzutreffen sein, würde sich diese Klientel bei ihm mit Kokain versorgen. Das bringe Ahmadi pro Tag so um die drei- bis vierhundert Euro!

Ahmadi meinte, nicht richtig gehört zu haben: natürlich wusste er, so wie die meisten Menschen, um den Rauschgifthandel flüchtig Bescheid! Dass man jedoch mit dem Dealen solch unglaubliche Summen lukrieren könne, dies war ihm doch wirklich neu! Ahmadi vereinbarte mit dem Afrikaner, dass sie sich morgen wieder treffen sollten, er wolle das mit seinem Bruder besprechen! Einen Bruder hätte er auch? Na, dann könne er diesen ja gleich mitbringen und mit ihm bekannt machen!

Ahmadi fuhr mit der U-Bahn nach Hause. Unterwegs kreisten nur mehr Zahlen in seinem Kopf herum: *400 Euro pro Tag? Für jeden von ihnen beiden? Das wären doch, sollten beide sechs Tage pro Woche in diesem Geschäft sein, ...Moment...Moment mal... das wären doch so um die...zwanzigtausend Euro pro Monat?!* Ahmadi versuchte verkrampft, nicht mehr an diese Summen zu denken! Das machte ihm Angst, richtiggehend Angst! Sein Bruder und er machten zurzeit, wenn sie aushelfen durften, gemeinsam keine achthundert im Monat! Und jetzt bekamen sie die Chance, ohne große Mühe gleich mehr als fünfundzwanzig Mal so viel zu verdienen? Zu Hause angekommen, nahm er seinen Bruder her, klärte ihn auf und fragte abschließend:

„Nun, Bruderherz? Bist du dabei? Wenn ja, dann kannst du morgen Abend gleich mitkommen und wir erfahren alles über unseren neuen Job!"

Samim starrte seinen Bruder ungläubig an: was war das denn nun? Sie sollten Dealer werden? Sie würden Gift an den Mann bringen und dabei gewaltig verdienen? Gift, das einen süchtig macht? Mit einem Stoff,, mit dem Menschen aller Altersstufen sich in die vollkommene Abhängigkeit anderer Menschen begeben? Gift, für das alle jene, die in diese schreckliche Abhängigkeit geglitten waren, unweigerlich kriminell werden, um es sich beschaffen zu können,?

„Ahmadi," meinte er mit leicht erhobenen Armen „sollten wir darüber nicht ein bisschen nachdenken? Du weißt, wie ich über dieses Geschäft denke? Und was, wenn sie uns erwischen und verurteilen? Wie willst du das Mama und Papa beibringen? Wirst du ihnen aus dem Gefängnis Briefe schreiben? Also, ich weiß nicht…"

Ahmadi sah seinen Bruder mit ausdruckslosem Gesicht an. Natürlich war ihm klar, dass er mit Gegenwehr hatte rechnen müssen! Und natürlich war er darauf vorbereitet:

„Mein Brüderlein!" meinte er besänftigend „Brüderlein! Das ist ganz einfach: machen wir beide es nicht, macht es jemand anderer. Also werden wir beide es nicht verhindern können, dass dieses Gift auch unter die Leute kommt. So oder so! Aber den Gewinn, teurer Bruder, den streifen andere ein! Also, wie locker können wir es uns leisten, dieses Angebot abzulehnen?"

Sie saßen einige Minuten da, ohne ein Wort zu sprechen. Ahmadi kannte seinen Bruder: der war immer schon ein Mensch von schwacher Entschlussfreudigkeit gewesen! Darum sagte er nichts und wartete. Nach einem tiefen Seufzer meinte Samim leise:

„Sicherlich hast du recht, Ahmadi! Was sollen wir uns noch weiter um einen Hungerlohn plagen und eigentlich nie zu etwas kommen hier in Österreich?" Er machte eine kurze Pause, dann nickte er, drehte die Handflächen nach außen, zog die Schultern hoch und sagte: „Also, ich bin dabei, Ahmadi! Hoffentlich geht das alles gut…!"

Am nächsten Abend saßen sie zu dritt in einer ruhigen Ecke des Lokals und Koyata klärte die Brüder auf:

„Also, Burschen, eure Plätze werden sein wie folgt: du, Ahmadi, sitzt im Café Gerwin in der Reinprechtsdorfer Straße im 5. Bezirk! Du, Samim, hältst dich auf im Café Schmelzer in der Alserstraße im 9. Bezirk! Ich werde euch noch heute dort vorbeiführen, wir können auch einen Sprung reinmachen, das Servierpersonal kennt mich in beiden Lokalen! Nun zum Ablauf: ihr kommt pünktlich um 10 Uhr vormittags an euren Plätzen an. Ihr sitzt immer am selben Tisch, das wird mit dem Personal so vereinbart. Dann sollt ihr…"

„Und," unterbrach ihn Ahmadi in seinem schlechten Deutsch „die Personal bekommen auch eine Geld vom die Umsatze?"

Koyatas Gesicht wird augenblicklich hart, seine Augen bekommen einen eiskalten Glanz und er sagt leise:

„Nie, hast du gehört, mein Freund, nie wieder sollst du solche Fragen stellen, ok?"

Ahmadi schwieg verängstigt: dies, dachte er, war wohl bereits ein kleiner Vorgeschmack auf klare und ungeschriebene Verhaltensweisen in diesem Milieu!

„Um ca. 10 Uhr 15" fuhr Koyata nun fort „wird jemand, manches Mal auch ich selbst, ins Lokal kommen, wird sich zu euch an den Tisch

16

setzen und einen Kaffee bestellen. Ihr werdet belangloses Zeug reden, über´s Wetter, über den Verkehr, und über sonst uninteressante Themen! Dieser Jemand wird eine Plastik-Tragtasche eines bekannten Supermarktes mit sich haben. Darin befinden sich jeden Tag neu aufgefüllt, entsprechend euren Verkäufen vom Vortag, Briefchen mit Stoff! Wenn der Kurier bezahlt hat, wird er das Lokal verlassen, die Plastiktasche jedoch wird er unauffällig neben euch auf der Sitzbank liegenlassen. Bis hier her alles klar, Jungs?"

Die beiden Brüder nickten wie einstudiert!

„Ihr wartet noch einige Minuten, dann nehmt ihr die Tasche und begebt euch hinaus auf die Toilette. Ihr nehmt die rechte Kabine, ok? In dieser Kabine hängt oben über dem Spülkasten an der Wand ein dunkelblauer Kunststoff-Kasten, etwa 70 breit und 45 hoch. Dieser Kasten, den jedermann als Ablage für Reinigungsmittel erkennen wird, ist auch für solche vorgesehen! Nachdem ihr euch versichert habt, dass ihr die Kabine von innen auch wirklich versperrt habt, hebt ihr den Kasten von den beiden Wandhaken herunter. Dahinter findet ihr ein Türchen, das aussieht wie ein mit der gleichen Wandfarbe übermaltes Putztürchen für den Rauchfangkehrer! Dieses öffnet ihr mittels eines euch ausgehändigten Vierkantschlüssels und legt die Tragetasche dort hinein. Bisher alles kapiert?"

Wieder nickten die beiden wie ein Synchrontänzer-Paar!

„Danach setzt ihr euch wieder an euren Tisch" fuhr Koyata fort „und lest Zeitung oder ein mitgebrachtes Buch, legt Karten, löst Rätseln auf, etc. etc. Dort werdet ihr euren Tag verbringen!" Nun wird seine Stimme leise: „Es wird nicht lange dauern und euer erster Kunde wird auftauchen! Er ist natürlich über alles informiert: er wird sich zu euch an den Tisch setzen und mit euch zu plaudern beginnen! Er wird vor sich auf den Tisch eine zusammengefaltete Tageszeitung legen und zwar so, dass Ihr von Eurem Platz sehen könnt, welche Ziffer auf dem linken Rand neben der Titelzeile geschrieben steht. Von dieser Ziffer nehmt ihr nun die erste, das wird immer eine Fünf sein und die letzte, das wird dann eine Acht sein, weg. Was übrigbleibt, sagt für euch den Wunsch des Kunden klar aus: es können nur die Ziffern 1, 2, 5 oder 10 stehen. Dies ist das Zeichen, euch hinaus auf die Toilette zu begeben und aus der Tragetasche in dem Versteck so viele Papier-Briefchen zu holen, wie der Kunde auf der Zeitung verschlüsselt notiert hat, verstanden?" Nicken wie gehabt. „Der Kunde wird, nachdem er beim Ober bezahlt hat, seine mitgebrachte Tageszeitung, neben euch liegenlassen. Darin findet ihr den Kaufpreis: 1 Briefchen kostet 120 Euro. Für 2 Briefchen müssen 240 Euro, für 5 Briefchen 600 und für 10 Briefchen 1.200 Euro in der Zeitung sein! Und es wird immer ausnahmslos der genaue Betrag in der Zeitung sein! Also, es gibt kein Wechselgeld, alles klar jetzt?"

Den beiden Brüdern rauchten zwar die Köpfe, aber mit ihrem Nicken stimmten sie zu!

„Zu eurer Information: die Kunden sind ausschließlich Dealer, die den Stoff mit allem möglichen Mistzeug, wie zum Beispiel mit Amphetaminen, mit Milchzucker oder sonstwelchem Scheiß, strecken. Somit vervierfachen sie die

Menge und geben außerdem anstatt nur einem Gramm nur 0,8 Gramm in das Briefchen. Das ist eben die übliche Straßenmenge! Dieses Zeug verscherbeln sie dann billig an ihre Kunden weiter und machen damit ein prächtiges Geschäft! Also, meine Herren," meinte Koyata lächelnd „ist alles wohl im Moment ein bisschen viel, aber: wie ihr sehen werdet, wird das für euch schon am dritten Tag ein Kinderspiel sein! Ihr könnt euch ja für den Anfang einen kleinen, unauffällig neben eurem Getränk liegenden Schummelzettel vorbereiten! Und pro abgeholtem Briefchen kriegt ihr netto zehn Euro. Im Schnitt holen unsere Kunden am Tag etwa dreißig bis vierzig Briefchen ab. Ist also ganz leicht, euren Verdienst pro Tag auszurechnen, oder?"

Koyata winkte der Kellnerin und bezahlte. Dann gingen sie zu seinem Wagen, stiegen ein und er brachte die beiden Newcomer zuerst in das Café Gerwin. Sie betraten das Lokal und sofort wurde Koyata von Jana, der Serviererin, freudig begrüßt! Er ging mit ihr ein wenig zur Seite und sprach mit ihr. Dabei schaute sie immer wieder kurz zu den beiden Brüdern hin. Dann winkte er ihnen und sie begaben sich hinaus auf die Toilette. Alles fanden sie so, wie er es zuvor beschrieben hatte! Dann fuhren sie hinüber in die Alserstraße, und auch dort wurde Koyata hofiert wie ein arabischer Prinz! *Natürlich,* dachte Ahmadi *wenn er sich bei denen ebenso großzügig gibt wie bei uns beiden...*

Und die technischen Gegebenheiten waren interessanterweise genauso, wie sie im Café Gerwin! Dann brachte Koyata die Brüder wieder

19

zurück zum Café, von wo sie gestartet waren. Beim Aussteigen sagte er noch:

„Und jetzt noch eine nicht unwichtige Anordnung: sollte, während ihr in der Toilette den Stoff rausholt, jemand stark an die Türe klopfen, dann kann das nur die Polizei sein! Nun…" sofort hatten beide Brüder ihre Augen angstvoll aufgerissen! Aber Koyata fuhr in beruhigendem Ton fort: „ Nun heißt es für euch, trotz dieser Überraschung total cool zu bleiben: ihr ruft laut hinaus, dass ihr noch nicht fertig seid! Sofort verstaut ihr die Tasche wieder in dem Geheimfach, hängt das Putzmittelkästchen möglichst leise wieder an seinen Platz. Solltet ihr den Stoff bereits der Tasche entnommen und bei euch haben, reißt ihr das Briefchen auf, schüttet den Inhalt ins Klo und dazu zerreißt ihr das Papierbriefchen in möglichst kleine Stückchen. Diese kommen ebenfalls ins WC. Nun spült ihr den ganzen Mist einfach in der Toilette runter, ok? Wichtig: sehr lange auf dem Drücker für die Spülung bleiben, sodass aller Stoff auch wirklich weggespült ist! Sodann öffnet ihr die Türe und alles andere ergibt sich dann von selbst: die Bullen werden, wenn ihr meine Anordnungen genau befolgt habt, nichts finden, das dürft ihr mir glauben!"

Wieder bestätigten die Brüder Koyatas Ratschläge mit ihrem Synchron-Kopfnicken und dieser hob noch einmal kurz die Hand:

„Und nun etwas gar nicht so Unwichtiges: es passiert wirklich ganz, ganz selten, dass ein Dealer von euch plötzlich einen besseren Preis verlangt. In dem Fall kriegt er gar nichts von euch und ihr werdet ihm sagen, er solle sich an mich wenden, nichts weiter! Ihr notiert euch die Uhr-zeit, zu der dieser Kunde bei euch war und am Abend berichtet ihr mir darüber, ok?"

Ahmadi nickte gelassen, er hatte schon alles begriffen!

„Ja, und dass ich nicht vergesse, Jungs:" setzte Koyata noch hinzu „natürlich habt ihr pro Woche einen Tag frei, den könnt ihr euch aus-suchen! Aber der muss zuvor mit mir abgespro-chen und dann aber auch verlässlich eingehalten werden, klar?"

„Klar!" entgegnete ihm Ahmadi „Und wann mussen anfangen mit die Arbeit?"

Koyata blickte ihn entgeistert an:

„Na, morgen, Jungs, schon morgen! Kurz nach zehn bin ich bei dir, Ahmadi, im Café Gerwin! Und um ca. zehn Uhr fünfzehn kommen entweder ich oder mein Verbindungsmann zu dir, Samim, hinüber ins Café Schmelzer, ok?"

Dann wurde nichts mehr besprochen: die beiden hatten einen Pakt mit dem Teufel unter-zeichnet! Und es lief, wie es anfangs immer mit solchen Verträgen mit dem Übel läuft: nämlich ausgezeichnet! Nach bereits einem Monat über-wiesen die beiden Brüder ihren Eltern in Kabul die erste hübsche Summe von fünftausend Euro!

Ein tödlicher Glücksfall

Es war ein regnerischer, kühler September-Nachmittag. Sowohl Ahmadi als auch sein Bruder Samim saßen wie üblich an ihren Tischen im Café Gerwin als auch im Café Schmelzer. Es war kurz nach 13 Uhr, da wurde die Türe zum Café Gerwin aufgestoßen und Koyata stürmte bei der Türe herein. Seine teure, hellgelbe Lederjacke war an den Schultern pitschnass und er beutelte sich kurz den Regen aus dem Kopfhaar. Er kam an Ahmadis Tisch, grüßte kurz, nahm Platz und bereits eine Minute später hatte er seine *Melange* vor sich auf dem Tisch stehen! Ahmadi wollte schon in die Tasche greifen, um die bisher eingelangte Tageslosung von 2.160 Euro hervorzuholen, um sie an Koyata zu übergeben, dieser jedoch wehrte sofort ab:

„Lass nur, Ahmadi, lass nur! Das können wir später erledigen! Ich brauche euch beide noch heute Nachmittag! Ruf bitte deinen Bruder an, er soll sich ein Taxi rufen und sofort herkommen ins Café! Und seine Serviererin soll er beauftragen, seinen Kunden mitzuteilen, dass er abends ab 17 Uhr wieder anzutreffen sein wird, ok? Und wenn er dann hier ist, werde ich euch alles erklären!"

Ahmadi tat, wie ihm geheißen und eine halbe Stunde später betrat Samim das Café! Dann saßen sie alle drei beisammen und die beiden Brüder waren gespannt, was so besonders Wichtiges ihr Chef denn heute noch mit ihnen vorhaben könnte? Nachdem Koyata seinen Kaffee ausgetrunken hatte, sah er sich kurz im Lokal, in welchem höchstens acht Tische besetzt waren, um. Nun winkte er beide Brüder mit dem Zeigefinger

22

der linken Hand näher zu sich und erklärte ihnen mit verhaltener Stimme:

„Jetzt hört genau zu, ihr beiden: Ich muss möglichst rasch eine sehr wertvolle Fracht aus meinem Lager in der Donaustadt abholen und zu meiner Mutter nach Hause bringen. Ihr beide werdet mir beim Umladen helfen, schließlich sind das 150 Kilogramm, also, für mich alleine ist das zu schwer, zu anstrengend, ich hab´s ja ein bisschen auf der Lunge! Und wenn das mit dem Umladen und Zustellen noch heute klappt, dann gibt´s eine erfreuliche Prämie für euch, ok?"

Beide, Ahmadi und Samim, waren nun schon einige Zeit lang im Geschäft, um nicht zu wissen, woraus denn diese 150 Kilo schwere „Fracht" wohl bestand und was diese Menge Stoff im Straßenverkauf wert war! Koyata beglich die Rechnung und zwei Minuten später saßen alle drei im Führerhaus eines hellblauen Kastenwagens. Es regnete jetzt stark und Koyata fuhr in gemäßigtem Tempo auf der A4 nach Osten in Richtung Flughafen. Kurz vor *Schwechat* nahm er die Ausfahrt zur S1, auf der sie etwa fünf Minuten fuhren. Dann fuhr Koyata ab auf eine Bundesstraße und bald darauf fuhren sie an der Ortstafel *Rannersdorf* vorbei. Nach zirka 300 Metern bog Koyata nach rechts in eine kleine Seitengasse ab und hier wieder gleich nach einer baufälligen mannshohen Mauer lenkte er den Transporter in eine Einfahrt, deren großes Doppel-Gittertor offen stand.

„Auf diesem Areal gibt es einige Industriehallen, die ein ganz Gescheiter günstigst angekauft und alles auf Self-Storage umfunktioniert hatte! Ich habe hier eine kleine Halle gemietet und…" er fuhr jetzt langsam an einigen Eingängen mit Holztüren vorbei, bremste dann den Wagen ab und hielt vor einer dieser dunkelbraunen Holztüren „…ja, hier sind wir schon! Alles raus, Mannen! Los geht´s!"

Zwischenzeitlich hatte es aufgehört zu regnen. Alle drei stiegen aus, Koyata entsperrte die Türe, auf der mit weißer Farbe eine ca. einen Meter große 7 aufgemalt war. Und gleich darauf standen die drei vor links und rechts an den Wänden montierten Stahlregalen. Im untersten Regal lagen lose hineingestellt fünfzehn schwarz-weiße Sporttaschen mit Zipp-Verschluss.

„Also, Burschen," sagte Koyata leise „raus mit den Taschen und rüber damit in den Transporter!"

Ahmadi war ein wenig verwundert: erstens waren sie - soweit kannte er Wien schon - hier nicht in der Donaustadt und zweitens: hatte Koyata es denn wirklich so arg mit seiner Lunge, dass er diese paar Sporttaschen nicht selbst aus- und einladen konnte? Dieser stand nur am Eingang zum Lagerraum und beobachtete die beiden Brüder bei der Arbeit. Nachdem alles umgeladen und die Türe wieder versperrt war, fuhr Koyata hinaus in Richtung Klosterneuburg.

„Das wisst ihr natürlich schon," meinte er, während er auf die Autobahn auffuhr „dass die Geschichte mit der Donaustadt und mit der Mutter Mist war, oder? Aber man muss immer vorsichtig sein: hätte ja sein können, dass irgendjemand am Nebentisch große Ohren hätte haben können, nicht?"

Kurz vor der Stadt bog er wieder in ein Industriegebiet ein, hielt vor einer Fertigteil-

Lagerhalle mit einem großen Rolltor und öffnete dieses mittels Fernsteuerung. Als das Tor genug weit offen war, fuhr Koyata in die Halle hinein und hielt nach etwa zehn Metern an. Rechter Hand waren hier zirka dreimeterfünfzig hoch auf jeweils drei Paletten Futtermittelsäcke gestapelt. Mit der Fernsteuerung schloss er das Tor wieder.

„Bleibt ruhig noch sitzen!" meinte er „Ich muss erst Platz schaffen!"

Damit stieg er aus, ging nach rückwärts an die Hallenwand, wo ein Hand-Hubwagen stand. Diesen nahm er, fuhr damit an die hohen Stapel heran und schob den Hubwagen unter die erste Palette der letzten Stapelreihe hinein. Nun pumpte er den Wagen ein paar Zentimeter hoch, worauf der hohe Säcke-Stapel bedrohlich zu wanken begann!

„Hey, Koyata!" rief Ahmadi leise aus dem Seitenfenster seinem Chef zu „Gleich du haben alle Sacke auf die Kopf, alle Ganze wackelt wie varruckt!"

Koyata lachte nur und rief zurück:

„Keine Sorge, Ahmadi! Das hab ich voll im Griff! Aber nur dann, wenn ich diesen Stapel zur Seite fahre, kommen wir zu meinem Versteck!"

„Und wenn kommt andere Mann und fahrt weg diese Stapel?" fragte Ahmadi.

„Hier kommt niemand anderer an den Stapel: diese Futtermittelsäcke gehören alle mir! Die hab ich zur Tarnung gekauft und hier gelagert!"

Nun hatte Koyata den Hubwagen mit den Paletten darauf aus dem Stapel herausgezogen. Danach fuhr er abermals in die entstandene Lücke und holte eine zweite voll und ebenso hoch beladene Palette heraus. Er winkte nun die beiden Brüder zu sich und zeigt in die entstandene Öffnung:

„Seht ihr, Burschen? Da hinten werden wir diese fünfzehn Taschen lagern und dieses Versteck, das muss doch erst einmal jemand finden, oder?"

Die Brüder nickten anerkennend und begannen, die Taschen aus dem Transporter zu holen und nach hinten zwischen die Futtermittel-Säcke zu tragen. Dort stapelten sie die Taschen und nach einer knappen Viertelstunde war die Überstellung erledigt!

„Alles bestens!" rief Koyata leise „So! Ihr könnt euch wieder in den Wagen setzen! Ich muss nur noch den Urzustand der Paletten-Stapel wiederherstellen!"

Die Brüder nahmen wieder im Führerhaus Platz. Ahmadi stieß seinen Bruder leicht in die Seite und murmelte:

„Von wegen Probleme mit seiner Lunge! Der hat uns doch nur mitgenommen, dass wir ihm zur Seite stehen, sollte ihm irgendwer wegen dieser Fracht an die Flanken wollen!"

Samim nickte lächelnd. Koyata fuhr eben mit dem Hubwagen unter den zuletzt herausgezogenen Drei-Paletten-Stapel, um diesen wieder zurück zwischen die Futtermittelsäcke zu fahren. Als er ihn in Bewegung setzen wollte, rührte sich der Hubwagen mit den Säcken keinen Millimeter von der Stelle! Koyata zog nun stärker am Handhebel, jedoch ohne Erfolg!

„Jede dieser beschissenen Paletten hat doch glatt an die 800 Kilogramm!" wütete Koyata. Samim aber hatte bereits den Grund erkannt: un-

26

ter dem vorderen Räderpaar eingezwängt lag ein kleines, handtellergroßes Holzstück: und dieses genügte schon, um das Anfahren des Hubwagens zu verhindern!

„Koyata!" rief Samim „Da, unter die erste Doppelradl liegt eine Stickl Holz! Du können diese zweitausendvierhundert Kilogramm nix bringen zu fahren iber diese Stickl Holz!"

„Papperlapap!" rief Koyata und zerrte weiter am Handgriff des Hubwagens „Das wäre ja gelacht, wenn ich…das…verdammte …Ding nicht zum…Laufen bringen könnte!"

Im Führerhaus sinnierte Ahmadi: *Diese lächerlichen fünfzehn Sporttaschen konnte Koyata alleine nicht umladen, aber zweieinhalb Tonnen, die will er mit seiner kranken Lunge zum Fahren bringen?*

Und wieder zerrte und zerrte Koyata, aber der Stapel rührte sich nicht. Mit einem lauten Schrei der Anstrengung und des Zorns riss Koyata nun nochmals am Handgriff, plötzlich ruckte der Wagen an und das Hindernis schien überwunden zu sein!

„Na?" rief Koyata zu den Brüdern herüber „Ein blödes Stück Holz sollte mich mit solch einer Fracht aufhalten wollen?"

Wieder riss er am Handgriff, plötzlich begann der hohe Stapel auf dem Hubwagen zu wanken, neigte sich gefährlich nach vorne hin, wo Koyata am Handgriff stand! Ahmadi schrie auf, Samim brachte trotz vor Schreck aufgerissenem Mund keinen Laut hervor und beide mussten zusehen, wie eine tonnenschwere Fracht von Futtermittel-Säcken ihren Chef unter einer dichten Staubwolke begrub!

Danach herrschte unheimliche Stille in der Halle! Ahmadi und Samim saßen wie versteinert im Führerhaus! Nachdem sich der Staub gelegt hatte, wagten die beiden sich aus dem Wagen, liefen zu dem Berg von übereinanderliegenden Säcken und begannen, nach ihrem Chef zu graben! Als sie den Körper freigelegt hatten, mussten sie erkennen: die Wucht der herabgestürzten 40-kg-Säcke hatte Koyata das Genick gebrochen! Jetzt standen beide total geschockt vor dem Chaos an vollen Säcken, ausgeronnenem Futtermittel aus einem von drei geplatzten Kunststoff-Säcken und der Leiche ihres Chefs! Ahmadi fing sich als erster: er räusperte sich ein paar Mal kräftig und blickte Samim von der Seite an. Jetzt nahm er ihn sanft beim Oberarm, drückte einige Male kurz und sagte leise:

„Bruderherz! Siehst du, was ich sehe?"

Samim, noch ganz geschockt und zitternd, drehte den Kopf und sah seinen Bruder an:

„Was…was, meinst du, soll ich sehen außer einem Toten hier unter ein paar Tonnen Futtermittel?"

Ahmadi blickte seinen Bruder nochmals, diesmal verstärkt, fragend, an:

„Was, Bruder Samim, sehe ich da hinten in diesem freigelegten Versteck? 150 Kilogramm feinsten Stoff! Und wem…" jetzt machte er eine bedeutsame Pause „…wem gehört dieser Stoff denn nun, hmm?"

Samim´s Augen weiteten sich: sein Bruder hatte recht! Der Besitzer dieser unglaublich wertvollen Fracht war tot, jawohl, mausetot! Und niemand außer ihnen beiden wusste davon!

„Naja, Ahmadi," meinte Samim nun zögernd „und wohin denkst du, sollen wir den Stoff verschwinden lassen? Wir haben weder ein Lager, noch eine Halle, noch eine Garage…?"

„Aber, liebstes Bruderherz," entgegnete Ahmadi „wir haben Zeit, viel Zeit: wir haben Monatsanfang, also dürfen wir annehmen, dass Koyata die Miete für diesen Monat bezahlt hatte, oder? Und wir haben den Funk-Öffner für dieses Tor! Also lassen wir die Ware erst einmal hier, ok? Das einzige, das wir zu tun haben ist, diesen Scheiß wieder zurück zu schlichten! Stoff für die nächsten Tage nehmen wir uns gleich mit, ja? Und ich darf dich erinnern, mein guter Samim: ab sofort erhalten wir für unsere Ein-Gramm- Briefchen nicht mehr mickrige 10 Euro, sondern fette 120 Euro, klar?"

Samim war zwar etwas langsamer im Denken als sein Bruder, aber das hatte er sofort verstanden! Er nickte mit großen Augen und grinste wie der Kasperl, der gerade das Krokodil verhauen hatte!

„Also, Samim, hatte uns Koyata denn nicht eine fette Prämie versprochen? Nun, die haben wir schon erhalten, Junge: unser beider heutige Tageslosung, die gehört bereits uns!"

Samim machte große Augen: natürlich! Jetzt brauchten sie nichts mehr an Koyata abzuführen! Im Moment dachte er gar nicht so weit, um zu begreifen, dass sie mit diesen 150 kg Stoff eigentlich schon Millionäre waren! Ahmadi schreckte ihn aus seinen Gedanken auf:

„So, mein liebes Brüderchen! Jetzt machen wir Nägel mit Köpfen: da drüben siehst du einen Besen! Den nehmen wir, nachdem wir alles eingeräumt haben, und kehren hier sauber! Koyata selbst, den legen wir in seinen Bus und diesen stellen wir dann irgendwo in einer Seitengasse unauffällig ab. Viel damit herumfahren dürfen wir keinesfalls: jemand könnte seinen Wagen erkennen und fragen, wieso Koyata nicht selbst damit fährt! Alles klar, Bruderherz?"

Samim starrte seinen Bruder fassungslos an: diese Kaltschnäuzigkeit hätte er diesem nie zugetraut! Da lagen ca. 150 kg reinster Stoff, eine Millionenfracht! Dazwischen eine Leiche und Ahmadi sprach von Aufräumen, wegräumen, zusammenkehren und von Leichen verstecken? Mitten in Samims Überlegungen hinein sagte Ahmadi:

„Bruderherz, siehst du da drüben diese große Rolle Verpackungsfolie? Bring sie bitte her! Damit werden wir unseren Koyata schön einpacken, sodass es nach einiger Zeit aus dem Transporter nicht herausstinken kann, ja?"

Und genauso lief es ab: als sie mit dem Säubern fertig waren, konnte kein Mensch erkennen, welches Drama sich hier abgespielt hatte! Ahmadi hatte alle Papiere, die auf die Existenz Koyatas hinwiesen, aus dem Wagen und aus den Taschen Koyatas entfernt. Und was war ihm dabei überraschenderweise in die Hände gefallen? Ein Postüberweisungs-Abschnitt, auf dem zu sehen war, dass Koyata die monatliche Miete bereits für die nächsten 6 Monate überwiesen hatte! Dies war dann natürlich das Beste, was den beiden Brüdern hatte passieren können: mit weiteren monatlichen Überweisungen an den Hallenbesitzer konnten sie ihre Ware jetzt ganz beruhigt und so lange es ihnen passte, gelagert halten!

Der Transporter mit Koyatas kunststoffverpackter Leiche im Laderaum wurde in einer Seitengasse im 11. Wiener Gemeindebezirk abgestellt. Da es sich um einen Randbezirk handelte, waren genügend andere Kastenwägen dort geparkt und somit fiel Koyatas mobiler Sarg niemandem weiter auf!

Penibel wischte Ahmadi noch alle möglichen zurückgelassenen Fingerabdrücke von Türschnallen, Lenkrad, Armaturenbrett, etc. mit einem Papiertaschentuch ab. Auch vergaß er nicht, die Leichen-Verpackung weitmöglich von Fingerabdrücken zu befreien! Für die Brüder Ahmadi und Samim Karimi war die Causa Koyata praktisch erledigt!

Eine unerwartete Hürde

Samim Karimi hatte, wie an allen vereinbarten Tagen, an seinem Tisch im Café Schmelzer Platz genommen. Die Bedienung brachte ihm
ohne Aufforderung seinen Früchte-Tee und
Samim holte sein Buch mit islamischen Versen
hervor. Er fühlte sich ausnehmend wohl: seit
einigen Wochen schon verdienten er und sein
Bruder Ahmadi pro Tag einige tausend Euro!
Natürlich wussten beide, dass sie diesen Luxus-
Stoff, für den ihre Klientel ohne Wimpernzucken
doch glatte Einhundertzwanzig Euro pro Gramm
bezahlte, noch dreifach strecken und damit auch
mindestens doppelt so viel verdienen könnten!

Aber beide waren übereingekommen, den
Bogen keinesfalls überspannen zu dürfen: die
Kunden waren zufrieden, sie hatten keine Konkurrenz und mit dem ersten Strecken der Ware
betraten sie das Gebiet der Billig-Ware! Dann
würden sie für ein Gramm maximal 60-70 Euro
verlangen können und damit wären sie dann
nichts anderes als miese, gewöhnliche Dealer.
Dealer, mit denen die Kunden machen konnten,
was sie wollten: nämlich sie schmerzhaft im Preis
zu drücken!

Samim hatte soeben von einem frischen
Brioche abgebissen, als die Türe aufgestoßen
wurde und ein Mann im Staubmantel betrat das
Lokal: er war mittleren Alters, nur ca. einssechzig
klein, und war viel zu dick. Unter einer hohen
Stirn leuchtete ein hochrotes, pausbäckiges
Gesicht. Samim schätzte, dass der Mann immer
ein wenig im Stress zu sein schien. Alles in
diesem Gesicht sah etwas unwirklich aus:

Augenbrauen waren eigentlich nicht zu erkennen, die dunklen Schweinsäuglein hinter halbgesenkten Lidern waren kalt, die Stupsnase war um einiges zu groß und der extrem schmale Mund zeigte fast keine Lippen. Das leicht fliehende Kinn ging über in einen dicken, viel zu kurzen Hals, der aus einem für diesen Typen überhaupt nicht passenden Sporthemd herausragte.

Ohne sich lange umzusehen, steuerte der Fremde auf Samims Tisch zu, blieb vor diesem stehen, sah ihn kurz an und nahm ungefragt links von Samim Platz! Dabei keuchte er noch, wie es die meisten viel zu dicken Menschen tun. Samims Herz begann zu rasen: solch eine Situation war ihm unbekannt! Jetzt wandte sich der Fremde Samim zu, sein Blick war eiskalt und sein Mund zu einem dünnen Strich zusammengewachsen! Jetzt hob er seine rechte Hand und klopfte Samim kurz auf dessen linken Unterarm:

„Hey!" sagte er mit hoher und verhaltener Fistelstimme: „Ich hab erfahren, dass du erstklassigen Stoff liefern kannst?"

Samim fuhr es eiskalt über den Rücken! Wer war dieser Typ? Ein verdeckter Ermittler? Konkurrenz? Kunde? Er blickte nicht auf und fragte mit flacher Stimme:

„Wer das bitte so sagen, meine Cherr? Ich ganz nix wissen, was meinen?"

Der Fremde drehte sich von Samim weg, starrte einige Sekunden lang auf das Landschafts-Gemälde über dem Büffet an der Wand gegenüber und erwiderte dann, ohne sich Samimi wieder zuzuwenden, leise und mit eiskaltem Ton in der Stimme:

„Ich will Euren gesamten Stoff haben, ok? Den ganzen, hast du verstanden, Junge? Also: wenn du nicht sofort Antwort gibst auf meine Frage, hast du in einer Sekunde ein Tunnel im Kopf, klar? Frage: woher nimmst du deinen Stoff, oder besser gesagt: wo lagerst du ihn?"

Samim begann am Körper zu zittern! Er wusste, er musste sich unter allen Umständen beherrschen und diesen Typen auf Abstand halten: Ahmadi würde schon wissen, was zu tun wäre, aber zuerst musste er diesen gefährlichen Typen vertrösten! Er holte, unbemerkt von diesem, tief Luft, atmete langsam aus und bemerkte leise, ohne den Mann anzusehen:

„Bitte, meine Cherr, Sie kennen schießen, schlagen, giften, oder andere was wollen! Aber ich nix wissen, wo Stoff kommt cher! Das nur meine Bruder wissen! Er jeden Tag sitzen in Café Gerwin in Reinprechtsdorferstraße in finfte Bezirk! Er alles wissen von Stoff! Fahren chin und sprecht mit Bruder: er kann mehr wissen zu geben, ok? Von ich nix kennen wissen, ja? Auch wenn geben zehn Kugel in Kopf, ich gar nichts sagen kennen!"

Damit drehte er sich von dem Typen weg, so als wäre der gar nicht anwesend! Sein Herz klopfte zum Zerspringen, aber er spürte: die Gier dieses Typen war zu groß, als dass er nicht den Versuch wagen würde, mit Ahmadi zu sprechen! Diese Angelegenheit konnte nur sein Bruder zu Ende bringen! Der Typ sah Samim eine Weile von der Seite prüfend an, dann erhob er sich und verließ grußlos das Lokal. Samim brannte es unter den Fingern, seinen Bruder zu verständigen, aber klugerweise blieb er noch sitzen. Und genau

34

das trat ein, was er vermutet hatte: wieder flog die Lokaltüre auf und der Typ machte einen Schritt in den Raum! Er blickte Samim prüfend an, machte ein drohendes Gesicht und verließ das Café! Sofort begab Samim sich auf die Toilette, holte sein Handy hervor und rief Ahmadi an. Er erzählte ihm alles bis ins letzte Detail - er vergaß auch nicht das Tunnel in den Kopf, sowie die Beschreibung dieses Mannes - und kündigte ihm den Besuch des Fremden an!

„Mach dir nicht ins Hemd!" meinte Ahmadi nach kurzem Nachdenken „Wir werden uns das Geschäft von solch einem Gauner sicherlich nicht wegnehmen lassen, ok? Also, Bruderherz: ruhig bleiben, ja? Und sollten dich Kriminalbeamte ausfragen wollen, du weißt überhaupt nichts, du hattest von so einem Typen nie gehört, geschweige, ihn persönlich kennengelernt zu haben, ja?"

Und Samim versprach, sich so zu verhalten, wie sein Bruder ihm geraten hatte. Irgendetwas in dessen Stimme beunruhigte Samim: das war nicht Ahmadi, so wie er ihn kannte! Da war etwas ungewohnt Gefährliches, Entschlossenes herauszuhören! Und weshalb kündigte ihm sein Bruder an, dass er gar irgendwelchen Kriminalbeamten Rede und Antwort stehen müsste?

„Wann ist der Typ von dir weggefahren?" hörte Samim ihn jetzt noch fragen.

„Soeben! Also wenn ich überlege," schätzte Samim „wird er bis zu dir hinüber sicherlich 25 Minuten benötigen!"

Ahmadi bedankte sich, beendete des Telefonat und versuchte, ganz ruhig und überlegt zu bleiben! Und je länger er nachdachte, um so heftiger stieg wilde Wut in ihm auf: da versuchte doch irgend so ein gieriger Dealer, sich ihren Schatz, der ihr gesamtes weiteres Leben absichern würde, so einfach unter den Nagel zu reißen? Ahmadi konzentrierte sich jetzt sehr, denn er wusste: in nicht einer halben Stunde würde dieser Blödmann bei ihm auftauchen und dann musste er erstens einen funktionierenden Plan fertig haben und zweitens diesen auch erfolgreich durchführen können!

Jetzt erhob er sich und verließ das Café. Keine fünfzehn Minuten später war er wieder zurück und nahm an seinem Stamm-Tisch Platz. Er zwang sich, ruhig zu bleiben, bestellte einen doppelten Whiskey pur, den er auf einen Zug trank. Er wusste: unabhängig davon, wer sich da in ihr florierendes Geschäft einmischen oder sie beide sogar ausbooten wollte: Ahmadi war Afghaner und hatte trotz ordentlicher und aufrechter Erziehung durch seine Eltern in seinem Leben schon von Kind auf gelernt, in gewissen Situationen keine Skrupel zu zeigen!

Eben hatte er einen Kunden abgefertigt und war heilfroh, dass der nicht mit diesem Typen zusammengetroffen war! Jetzt wurde die Lokaltüre aufgestoßen und ein Mann, den Ahmadi sofort als diesen Störenfried erkannte, begab sich quer durch das Lokal bis an Ahmadis Tisch. Ahmadi spielte den Unwissenden, blickte freundlich auf und fragte leise:

„Hey, Mann! Ich bin Ahmadi und ich gebe erstklassige Ware dir zu verkaufen! Willst du chaben?"

Er sprach so unbefangen, so locker, dass der Typ augenscheinlich etwas verwirrt war!

Ahmadi begann zu lächeln und fuhr mit gedämpfter Stimme fort:

„Ey, Kumpel! Was du jetzt kennen kriegen von mich, machta eine andere, eine glicklichere, neie Menschen von dich, alle ist garantiert!" Er sah dem Mann direkt in die Augen und fügte mit einem Augenzwinkern flüsternd hinzu: „Einchundertzwanzig, nur für dir, du bist schon meine gute Freind! Passt das fir dir?"

Der Typ schien sich nun gefangen zu haben. Er setzte sich neben Ahmadi auf die Bank, hielt seinen Kopf gesenkt und sagte mit seiner Fistelstimme ebenso leise, ohne diesen anzublicken:

„Erstens, du kleiner Scheißer, zahle ich dir keinen Cent für deinen Mist, ok? Zweitens: du hast exakt zehn Minuten Zeit, mir deinen gesamten Stoff auszuhändigen, verstanden? Drittens: hast du keine Lust dazu, kriegst du eine Kugel genau zwischen die Augen! Und zwar gleich hier, vor allen Gästen, kapiert? Also, wie lautet deine Entscheidung?"

Ahmadis Antwort wurde verschoben, denn Jana trat an ihren Tisch und fragte den Fremden nach seinem Wunsch. Der blickt kurz auf, sah sie mit eiskaltem Blick an und schüttelte nur den Kopf. Jana verstand natürlich sofort, aber das Gesicht dieses unsympathischen Mannes, das hatte sie sich sofort eingeprägt!

Ahmadi war ganz ruhig geblieben. Er hatte sich diesen absoluten Schwachsinn angehört, wartete noch einige Sekunden, hob den Kopf und blickte den Typen, der noch immer die Wand gegenüber anstarrte, von der Seite her an:

„Ey, Mann!" raunte er ihm zu „Du missen jetzt mir genau zucheren! Meine Bruder chaben mich schon telefoniert gesagt, du kommen! Also jetzt: welche Mann wolle du Blödmann denn toterschießen? Und dann, wenn ich tot, wer wird du geben dann die gute Stoff, ey?"

Ahmadi konnte erkennen, dass der Typ schwer zu kämpfen hatte: er mahlte mit den Backenzähnen, so als müsste er Schotterkies zermalmen! Aber Ahmadi fuhr unbekümmert fort:

„Nexte: ok, du bist in gute Lage und meine Bruder und ich, wir absolut nicht wollen gehen nach Nirwana wegen eine paar Gramm von diese scheiße Stoff, verstehen? Also, wir chaben das schon gesprocht zusammen: du kriegen bis auf wenige finf Kilogramm die ganze Stoff und meine Bruder und ich kennen ohne Angst weitere leben! Ich chab aber schon gemusst sprechen eine paar Minute mit ihm, weil meine Bruder das nicht wollen, du verstehen? Jaja, immer eine Probleme mit die Familia! Aber dann sie chat ja doch sagen ok!"

Er machte jetzt ein taktische Pause, um die Reaktion des Typen zu beobachten. Er konnte bemerken, dass dieser leicht seinen Kopf gehoben hatte, ein untrügerisches Zeichen dafür, in positive Stimmung gewechselt zu haben!

„Ok, ok, Junge!" meinte der Typ nun „Und wie hast du dir das vorgestellt? Das kann sich doch nicht hier im Lokal abspielen, oder?"

„Naja, wenn du nix wollen geben mir Kugel in Kopf, warum kennen wir unsere Geschäfte nix auch chier machen?" meinte Ahamdi mit ironischem Unterton in der Stimme. Und wieder konnte er sehen, wie es in dem Kerl arbeitete, aber Ahmadi war sich seiner Sache absolut sicher: der Stoff und nichts anderes interessierte den Typen da neben ihm! Aber er wollte den Bogen nicht überspannen und fuhr fort:

„Aber zwei Gasse weiter liegen die ganze Stoff in meine Wohnung! Immer muss ich chaben gleich bereit, wenn Kunde will kaufen, du verstehen? Wenn du sagen ja, wir kennen gehen jetzt gleich chinauf, die Ganze erledigen und du gehen dann und ich gehen dann und nix mehr treffen in unsere Leben, ok?"

Irgendwie schien der Kerl unsicher zu sein, aber Ahmadi wusste genau: diese große, nicht zu bremsende, alles überdeckende Gier löschte bei dem Typen unweigerlich sämtliche Alarmlichter aus! Und genau so war es auch:

„Okay, Mann!" zischte der Typ „Lass uns abhauen und den Stoff holen! Aber eines sage ich dir gleich: wenn du mich linkst, Junge, sollst du das nie in deinem beschissenen Leben vergessen: dann schieß ich dir nicht in den Kopf, nein, ich schieß dir zuerst ein Auge aus, dann kriegst du eine Kugel ins Knie und danach eine in den Bauch! Erstklassiger und ewiger Schmerz ist garantiert, ok?"

Ahmadi blickte nun gerade in diese eiskalten Augen, sagte kein Wort und stand auf. Er musste nichts bezahlen, das Personal kannte ihn und noch nie war Ahmadi hier etwas schuldig geblieben: im Gegenteil, die Mädels vom Service kassierten täglich, wenn er nach Begleichung seiner Rechnung das Lokal abends verließ, 20 Euro als kleine Anerkennung! Und ebenso verfuhr sein Bruder Samim im Café Schmelzer!

Nun verließen Ahmadi und der Typ das Lokal. Ahmadi ging voran, bog gleich in die erste Seitengasse nach rechts ab, bog wieder in die nächste Gasse nach rechts ein und blieb nach ca. dreißig Schritten vor einem alten Mietshaus mit schäbiger Fassade stehen.

„Chier, oben in die zweite Stock, ist Wohnung. Du kennen warten chier unten und ich cholen die Stoff, ja? Oder du kommen mit chinauf, dann alle machen wir oben in Zimmer ohne andere Mensche?"

Der Typ sah Ahmadi mit zweifelndem Blick an und zischte zornig:

„Denkst du, ich bin ein Idiot, oder was? Das Haus hat einen Hinterausgang in die Nebengasse und du bist eine Wolke, was? Für wie blöd hältst du mich, he?"

Ahmadi tat, als hätte man ihm beim Äpfelstehlen erwischt! Er hob die Schultern und nickte ergeben:

„Natirlichc, Mann! Du kommcn mit in Wohnung, ok!"

Er trat an das große, circa drei Meter hohe und schwere Haustor heran und drückte die Klinke hinunter. Dann lehnte er sich mit seinem ganzen Gewicht gegen die eine Torhälfte, diese gab nach und langsam öffnete sich das Tor. Ahmadi blieb an die schwere Türe gelehnt, machte mit der Hand eine einladende Bewegung und meinte:

„Bitte, meine Cherr! Kunde immer geht vorne!"

Automatisch ging der Typ vor, Ahmadi ließ die Türe aus trat blitzschnell hinter den Typen und schlang seinen linken Arm von hinten unter dessen Kinn! Die kleine Körpergröße des Mannes kam dem eher kleinen Ahmadi und seinem Plan sehr entgegen! Der Typ war derart perplex, dass er im ersten Moment keinerlei Reflex zeigte. Diese Sekunde genügte Ahmadi, um dem Typen ein Fixiermesser mit 20 Zentimeter Klingenlänge mit aller Kraft von vorne in die Brust zu rammen! Und wieder stach er zu und wieder und wieder! Nun ließ er den bereits toten Körper fallen, sah kurz an sich herunter, ob irgendwelche Blutspuren an seiner Kleidung zu erkennen waren! Er konnte keine verdächtigen Flecken feststellen - deshalb hatte er den Typen ja von hinten attackiert -, und beugte sich hinunter zu dem Opfer. In Windeseile durchsuchte er nun die Taschen des Toten. In der rechten äußeren Manteltasche fand er einen kleinen Colt, in der linken einen Autoschlüssel-Anhänger. Er suchte weiter und holte aus der linken Innentasche des Mantels eine schwarze Brieftasche. Alles, den Colt, den Autoschlüssel und die Brieftasche steckte er ein. Nun zog er die Haustüre auf und ging mit leicht wackeligen Knien drei Gassen weiter zu seinem Wagen, wo er die Utensilien des Ermordeten im Kofferraum verstaute. Danach begab er sich zurück ins Café, wo bereits ein Stammkunde auf ihn wartete…

Neue Überlegungen

Am Abend desselben Tages trafen Ahmadi und sein Bruder zu beinahe gleicher Zeit in ihrer Wohnung ein. Samim war gespannt, was sein Bruder ihm über diesen unheimlichen Typen erzählen würde, aber Ahmadi meinte nur:

„Brüderlein! Nur eine einzige große Bitte habe ich an dich: sprich nie wieder auch nur ein einziges Wort über diesen Vollidioten, ok?"

Dabei sah er ihm direkt in die Augen und sein Blick verriet Samim, dass er der Forderung seines Bruders einfach zu folgen hatte!

„Wir machen weiterhin unser Geschäft und wir dürfen mit großer Sicherheit annehmen, dass wir jetzt einige Zeit ungestört verkaufen dürfen, Samim! Also: diese blöde Bedrohung ist aus der Welt geschafft!"

Aber in Ahmadis Kopf rotierten wilde Gedanken: was wird sein, wenn der nächste und wenn der nächste und der....er wollte das nicht wirklich durchdenken! Viel mehr begann eine neue Idee in seinem Hirn Platz zu greifen: dieses ewige, tägliche Herumsitzen in ihren Cafés ging ihm bereits kräftig auf die Nerven! Und nie konnte man sicher sein, ob da nicht plötzlich ein verdeckter Ermittler neben ihnen Platz nehmen und sie auffliegen lassen könnte!

Eine kleine Störung

Am übernächsten Morgen traf Ahmadi wie gewohnt in seinem Café ein, nahm Platz und Jana, die Serviererin, brachte ihm seinen Capuccino. Neben die Tasse legte sie das Exemplar einer bekannten Tageszeitung hin. Das war neu für Ahmadi: noch nie hatte er - bestellt oder nicht - eine Zeitung auf den Tisch bekommen! Instinktiv jedoch wusste er, was das zu bedeuten hatte: er nahm das Blatt her und was schrie ihm auf der Titelseite entgegen: das Foto des Ermordeten! Auch dessen Name war angeführt: ein gewisser Roman Lobner, ein den Rauschgiftfahndern gut bekannter Dealer, war vor zwei Tagen in einem Hausflur im 5. Bezirk mit neun Messerstichen in der Brust tot aufgefunden worden! Ahmadi hatte sich geschworen, sich nie wieder mit diesem Fall zu beschäftigen! Eben wollte er die Zeitung beiseitelegen, als er merkte, dass Jana unauffällig neben ihm am Tisch Platz genommen hatte! Ahmadi blickte erstaunt auf: er sah kurz um sich und stellte fest, dass er der einzige Gast im Lokal war! Jetzt suchte er in Janas Gesicht den Grund für ihre Handlung! Jana jedoch sprach kein Wort. Sie blickte Ahmadi ausdruckslos an und wartete. Dieser legte seinen Kopf schief, dachte noch eine Weile nach und fragte:

„Na, meine liebe Jana-Mädelchen? Was wollen sprechen mit Ahmadi? Chaben Frage? Muss chelfen fur Jana?"

Jana sah ihn einige Sekunden an, stützte Ihren rechten Arm auf dem Tisch auf, legte ihr Kinn in die Hand und antwortete leise, indem sie Ahmadi von der Seite ansah:

„Nein, Ahmadi, nein! Nicht muss helfen! Muss jetzt zuhören, Ahamdi! Du warst vorgestern mit diesem Lobner verschwunden, oder? Ich merke mir Gesichter sehr gut, weißt du? Das gehört zu meinem Beruf! Also? Was hältst du von meiner Beobachtung?"

Damit hatte Ahmadi insgeheim aber schon gerechnet! Das war doch zu auffällig gewesen, diese Szene vorgestern hier im Café! Aber Janas Verhalten störte ihn überhaupt nicht! Er nickte langsam und meinte mit bedeutungsvoll erhobenen Armen:

„Ich denken, meine kleine Jana muss kriegen Geld, oder?"

„Bingo, Ahmadi, Bingo!"

„Und…wie denken, kriegen wieviele?"

„Zehntausend, Ahmadi! Und deine Jana wird schweigen wie einer der drei Affen, ok?"

„Ich bringen morgen mit chiercher, ja?"

Ahmadi konnte bemerken, wie sich Janas Brustkorb schneller hob und senkte! Das war ein gutes Geschäft für sie und vielleicht dachte sie eben, warum sie denn nicht zwanzig- oder fünfzigtausend verlangt hatte?

„Das jetzt unsere Gecheimnisse, ja? Aber du mussen stille sein, ganze stille! Wenn du sprecht mit Polizei oder mit andere Mann, dann einmal in nächste Zeit Jana muss…sterben! Ich wissen ganz sicher!"

Seine letzten Worten hatten einen drohenden Unterton bekommen und Jana hatte natürlich verstanden! Sie nickte dazu, erhob sich und reichte Ahmadi die Hand. Er nahm sie und ihr beider Geheimnis war besiegelt!

Ahmadi kam abends nach Hause und er hatte beschlossen, seinem Bruder nichts von seinem Abkommen mit Jana zu erzählen: Samim hatte sowieso keine Ahnung, wieviel Geld sie beide bereits angehäuft hatten und wo Ahamdi dieses aufbewahrte! Und zehntausend Euro Schweigegeld? Diese Summe befand Ahmadi nun doch als äußerst günstig und die konnte er quasi aus der Portokasse bezahlen!

Die Entscheidung

Aber um zukünftigen Problemen sicher aus dem Wege gehen zu können, fragte Ahmadi sich nun immer öfter, ob sie denn nicht versuchen sollten, diese Menge besten Stoffes mit einer oder mehreren Lieferungen an jemanden en bloc zu verkaufen? Sie besprachen tagelang dieses Vorhaben und gingen alle Möglichkeiten, aber auch die Risiken, durch:

Diese Menge Stoff war ein Vermögen wert: für ein Gramm konnte man von einem Großabnehmer locker 20 Euro verlangen! Das sollte heißen, dass sie mit diesen etwa 150 kg eine Summe von vielleicht bis zu drei Millionen Euro rekrutieren konnten!

Samim wurde schummerlich vor den Augen! Er sah sich bereits als Millionär in Acapulco am Strand liegen, aber Ahmadi bremste ihn ein:

„Brüderlein! Zu allererst müssen wir entscheiden, zu welchen Mengen wir den Stoff abgeben wollen! Ganz sicher können wir niemanden rekrutieren, der bereit wäre, uns für die gesamte Menge ca. drei Millionen sofort hinzublättern! Also sollten wir doch einig sein, den Stoff in kleineren Mengen anzubieten! Zum Beispiel mit der ersten Charge, vielleicht, sagen wir…fünfzehn oder zwanzig Kilogramm, ja? Danach, wenn alles gut gelaufen war, weitere… fünfzig Kilogramm, und so fort! Bist du einverstanden? Ja? Dann, liebes Bruderherz, gehen wir weiter: ich denke, dass wir es keinesfalls wagen dürfen, diesen superreinen Stoff einem der bekannten Größen der Branche anzubieten! Was denkst du, würden ein Sven, ein Nero, oder sonst ein großer Verteiler mit uns machen, würden wir mit dieser Menge und mit dieser Qualität daherkommen? Wir würden keine drei Tage überleben, Brüderlein!"

Samim saß da und sah in Gedanken seinen Mexiko-Strandaufenthalt in einem dieser tollen Luxus-Resorts langsam, aber sicher in die Ferne davonschwimmen!

„Das verstehe ich alles wohl, Ahmadi!" pflichtete er seinem Bruder bei „Aber was anderes stellst du dir sonst vor?"

„Hör mal, Samim!" antwortete Ahmadi „Wir haben es ja überhaupt nicht eilig, ja? Wir machen weiter wie gewohnt und niemand wird erfahren, welches Vermögen wir in Koyatas Lager liegen haben! Irgendwann werden sie unseren Koyata finden, aber dann wird, wenn wir Glück haben, Koyatas Körper total verwest sein, sodass man ihn nicht mehr wird indentifizieren können! Und es wird dann schon so viel Gras über die Sache gewachsen sein, dass wir beide aus dem Schneider sind! Und unseren beiden Kellnerinnen können wir sagen, dass Koyata wegen eines Todesfalles in der Familie für längere Zeit zurück nach Lagos musste! Für wie lange? Keine Ahnung, aber er meinte, es würden sicherlich zwei bis drei Monate sein! Also: wir sitzen wie jeden Tag an unseren Tischen und verkaufen diese Luxus-Ware wie gewohnt, ok? Was geschieht, geschieht, mein Bruderherz, wir lassen alles auf uns zukommen! Aber eines ist sicher: so viel Geld wie mit dieser Ware könnten wir in unserem ganzen Leben nicht verdienen, oder? Also," beendete er ihre Überlegungen „ich werde mich in den nächsten Tagen und Wochen umhören, wie wir unseren Stoff zu einem vernünftigen Preis und möglichst unauffällig an den Mann bringen können, ok, Bruder?"

Ahmadi hatte keine Ahnung, wie er es schaffen sollte, einen seriösen Dealer, der solche Summen auch finanzieren konnte, aufzutreiben! Aber er war immer schon ein äußerst positiv eingestellter Mensch gewesen und auch in diesem Fall blieb er optimistisch: und er begann, sehr, sehr große Ohren für den Markt zu bekommen!

Der Armbrust-Laden

In seinem Armbrustladen arbeitete der Rabbi gerade an einem günstig angekauften, schäbigen, aber sehr seltenen Armbrust-Typ. Es handelte sich nämlich um eine *Excalibur Assassin 420TD Recurve*-Armbrust: diese könnte er, wenn sie fertig überholt war, um mindestens neunhundert Euro verkaufen! Soeben strich er liebevoll mit der Rechten über den dunklen Schaft, als ein Kunde den Laden betrat. Rabbi sah auf und vor ihm stand ein dunkelhäutiger, mittelgroßer Ausländer, der Rabbi schätzte ihn ein als einen Afghanen oder einen Pakistani.

„Guten Tag, mein Herr!" grüßte der Rabbi freundlich „Womit könnte ich Ihnen dienen?"

Der Fremde zögerte ein wenig, hielt seine Arme mit nach vorne gerichteten, offen Handflächen wie schützend vor sich hin und sagte leise:

„Vielleicht Sie denke, das nicht so richtig, was ich sagen jetzt fur Sie, meine Cherr: andere Leute, gute Leute in Branche, chat gefuhrt mich zu Sie! Ich und meine Bruder suchen eine Dealer. Aber eine Dealer, was kann nehmen große, ganz große Menge von beste, beste Super-Ware, meine Cherr! Wirkliche reinste Super-Ware: das ich muss garantiere! Gibt nicht noch auf Markt, meine Cherr! Ich, also…"

Er brach ab: für Ahmadi war das eine schreckliche Aufregung! Erst jetzt kam ihm zu Bewusstsein, in welche Situation er sich da hineinbegeben hatte! Jetzt stand er nur mehr ein wenig zitternd da und starrte den Rabbi wortlos an!

Dieser war vollkommen perplex! So etwas war ihm ja wirklich noch nie passiert! Da stolpert doch glatt einer in seinen Laden und sagt ganz ohne Scheu, er suche einen Dealer! Das war ja unglaublich! Wie stellte der Mann sich das eigentlich vor? Die Szene war derart ungewöhnlich, dass der Rabbi sogar lächeln musste!

„Also, wissen Sie, lieber Herr, Sie sehen mich ein wenig perplex! Wie kommen Sie eigentlich darauf, dass ich Verbindung zu Dealern hätte? Woher haben Sie denn solch eine Information?"

Der Fremde starrte ihn noch immer an, dann fuhr er sich mit der Hand über den Mund und sagte frei heraus:

„Ja, Sie muss wissen, Rabbi, meine Bruder und ich, wir sind in ein glucklich Zufall getroffen auf große Posten von die feinste Stoff! Die Ware ist einchundert Prozent unsere, aber konnen nix wo anbieten! Chaben nix Verbindung fir diese Posten in große Mengen verkaufen!"

Schon wieder war der Rabbi verwirrt! Der Mann musste seine Informationen von jemandem erhalten haben, der ihn nicht nur als Rabbi, sondern auch als guten Brancheninsider kannte! Bevor er antworten konnte, setzte der Fremde hinzu:

„Entschuldige Sie bitte, kann ich denken, fir Sie ein große Überraschung meine Angebote! Aber ich sage: Sie iberlegen alle und ich bin cheite in die acht Tage noch eine Male bei Ihnen! Und dann...dann...kennen wir alle sprechen in die Eincheiten, ok?"

Damit griff der Fremde in die Tasche, holte ein Briefchen aus hellgrauem Papier aus der

Jackentasche und legte dieses vor den Rabbi auf den Ladentisch hin. Und noch ehe der Rabbi dazu eine Frage stellen konnte, hatte der Fremde sich zur Türe gewandt, seinen rechten Arm kurz zum Gruß erhoben und schon den Laden verlassen! Der Rabbi versperrte hinter ihm den Eingang, steckte das Briefchen ein und begab sich nach rückwärts in den Wohnbereich. Dort nahm er nachdenklich am Tisch Platz: ein großer Posten reinster Stoff? Im Allgemeinen war der Rabbi über jedes größere Ding auf dem Markt informiert, aber diesbezüglich hatte er keinerlei Informationen erhalten! Nach einigen vorsichtig geführten Telefonaten und einem längeren Spaziergang durch einschlägige Stadtviertel, sowie einigen unverfänglichen Gesprächen mit Freunden wusste er: niemand hatte etwas über einen größeren Posten reinsten Kokains gehört!

Der Edel-Dealer

Nachdem der Rabbi zurückgekehrt war, nahm er sein Telefon zur Hand und rief eine fix gespeicherte Nummer an. Nach einer halben Stunde betrat sein alter Freund Günther Lichtsam den Laden. Dieser war etwa einmeterachzig groß und trug sein dunkelbraunes Haar im Igelschnitt. Unter einer hohen Stirn mit dichten Augenbrauen musterten zwei immer flink umherblickende Augen seine Umgebung! Die breiten Backenknochen ließen auf slawische Herkunft schließen. Die Stupsnase über einem gepflegten Menjou-Bärtchen und einem schmalen Mund mit dünnen Lippen verliehen seinem Aussehen doch ein wenig Seriosität!

Sie umarmten sich fest, es war eine wirklich ehrliche, alte Freundschaft! Nachdem sie mit einem Glas ausgezeichneten und perfekt gekühlten Weißweines angestoßen und getrunken hatten, legte Günther seine Arme vor sich auf die Tischplatte und fragte:

„Nun, mein lieber Rabbi? Du hattest mich hergebeten, um mir etwas Interessantes anzubieten?"

Jetzt lehnte der Rabbi sich in seinem Stuhl zurück, sah Günther längere Zeit direkt in die Augen und meinte:

„Mein lieber Günther! Du versorgst, wie mir bekannt ist, ausschließlich Kunden, die nur vom Besten kaufen, oder?"

Günther sah ihn mit einem offenen Lächeln an und antwortete:

„Richtig, Rabbi, richtig! Das einfache Straßengeschäft, das ist nicht meines! Ich habe mir für meinen hochwertigen Stoff in einigen Jahren eine exklusive Klientel erzogen! Und ich bekomme für meinen Stoff einen wirklich interessanten Preis!" Jetzt bekam sein Gesicht einen leidenden Zug: „Nur langsam kriege ich Probleme, alter Freund: irgendjemand bietet hier in Wien seit kurzem an die Straßendealer einen erstklassigen Stoff an, also kann das für mein Geschäft einfach nicht gut sein, oder? Weiters wird meine Ware immer knapper und dadurch auch immer teurer!"

Ohne lange herumzureden, fragte der Rabbi nun:

„Und wenn ich dir einen großen Posten dieser erstklassigen Ware beschaffen könnte?"

Günther runzelte die Stirn: der Rabbi bietet eigenen Stoff an? Das wäre für Günther ebenso überraschend, als würde die Donau plötzlich in Richtung Schwarzwald fließen! Er blickte seinen Freund zweifelnd an und meinte mit ironischem Lächeln:

„Ah ja, Herr Ober-Dealer! Natürlich! Sie haben ja ein- oder zweihundert Kilogramm von dem Zeug da hinten im Lager herumkugeln, habe ich Sie richtig verstanden?"

Der Rabbi blieb ernst und Günther... schwieg. Der spürte: da kam etwas auf ihn zu, da trog ihn sein Bauchgefühl nicht! Er kannte seinen Freund Rabbi ja doch in- und auswendig! Nun zog der Rabbi die Lade vor sich unter der Tischplatte heraus und entnahm ihr ein Briefchen aus hellgrauem Papier, welches er vor Günther auf den Tisch legte. Natürlich erkannte dieser sofort, worum es sich hier handelte! Einigermaßen überrascht zog er die Augenbrauen hoch:

„Oh, oh! Mein Freund, der Rabbi, besitzt Koks? Das hat es ja noch nie gegeben, oder?"

„Tja," folgte umgehend die Replik „das ist eine absolute Ausnahme, Günther! Und zwar ausschließlich wegen dir! Sieh dir das doch bitte einmal kurz an!"

Damit war gemeint, dass sein Freund den Stoff prüfen sollte. Dies tat Günther, blickte danach auf, schüttelte den Kopf, senkte seine Stimme und meinte flüsternd:

„Ich glaube, ich werde verrückt, Rabbi! So etwas hat es hier auf dem Markt schon Jahre nicht mehr gegeben! Dies hier dürfte doch glatt..." er schmeckte nochmals kurz„...das...ist doch tatsächlich *Peruvian Flex*-Qualität! Hast du eine Ahnung, was man dafür verlangen kann? Woher hast du denn solchen Stoff?"

Der Rabbi zuckte nur mit den Schultern und fügte trocken hinzu:

„Du könntest sofort einen größeren Posten davon haben, Günther! Nun? Was meinst du dazu?"

„Hör mal, Rabbi! Wenn ich diesen Stoff in interessanten Mengen kriegen kann, das...das wäre ja der Lotto-Sechser schlechthin!"

„Also, Junge," meinte der Rabbi „die beiden Burschen sollen dich anrufen und ihr macht euch den Deal aus, ok?"

Günther blickte seinen Freund mit gerunzelter Stirn an:

„Wer, mein lieber Rabbi, wer sind diese beiden Burschen? Sind die echt? Konntest du erfahren, woher die diesen Traum-Stoff haben? Und noch etwas sage ich dir dazu: ich kenne zur Zeit niemanden auf dem Markt, der solch einen

54

Stoff anbieten kann! Und davon weiß sonst auch niemand etwas Näheres?"

Der Rabbi hatte sich zurückgelehnt, seine Hände vor dem Bauch gefaltet und meinte gelassen:

„Mein Gefühl hat mich in all den Jahren nie betrogen, Günther! Ich wage zu behaupten, die beiden sind absolut echt und das wäre DIE Chance für dich, an erstklassigen Stoff in größerer Menge heranzukommen, was meinst du?"

„Okay, mein Freund!" antwortete Günther entschlossen nickend „dann sollen die beiden mich möglichst rasch kontaktieren: denn langsam aber sicher geht mir der Stoff aus!"

Sie verabschiedeten sich und Günther verließ den Laden.

Harry Maroón

Harry Maroóns ehemaliger Studienfreund Pierre Mounier musste für einige Monate geschäftlich nach Montreal. Niemand außer Pierre war in dessen Unternehmen der französischen Sprache mächtig! Der neue Partner drüben in Kanada erwartete einen Vertreter des österreichischen Unternehmens zu Verhandlungen über ein gänzlich neues, gemeinsames Projekt. Alles war an Pierre hängengeblieben und sein kanadisches Abenteuer war unabwendbar. Pierres größte Sorge aber waren seine mit großem Aufwand gepflegten Pflanzen in seiner Wohnung: wer sollte sich um sie kümmern? Als er seinem Freund Harry unlängst in einem gemütlichen Bierlokal seine Abberufung mitteilte, war dieser überzeugt, dass es nicht lange dauern würde, bis Pierre ihn ersuchen würde, die Pflege seines geliebten Dschungels zu übernehmen. Obwohl Pierre wusste, dass Harry alles andere als den berühmten *Grünen Daumen* hatte, rückte er schon im Zuge ihres nächsten Bieres mit seiner erwarteten Bitte heraus!

„Hör mal, alter Freund!" startete Harry seine Abwehr „Ich schätze dein Ersuchen eigentlich überhaupt nicht! Du weißt, dass ich immer und überall für dich da bin und auch sein werde. Aber ebenso sicher ist doch, dass ich keine Ahnung davon habe, Pflanzen am Leben zu halten! Du erinnerst dich doch an mein Abenteuer mit Joes Blumen? Diese Geschichte, als er für nur drei Wochen zu einer Kur nach Tirol musste und mich bat, seine Blumen zu gießen? Alle, ausnahmslos alle Blumen in ihren höchst geschmackvoll ausgewählten Töpfen und Übertöpfen waren hin! Kaputt, tot, mein lieber Pierre! Ich hatte sie alle mit meiner eingeschränkten botanischen Bildung ertränkt, jawohl! Die armen Blumen konnten sich ja nicht wehren, konnten mir ja nicht mitteilen, dass jeder weitere Tropfen Wasser sie ihrem grausamen Ende näher brachte! Und mir, lieber Pierre, gerade mir möchtest du deinen botanischen Schatz anvertrauen? Ich finde diese Entscheidung doch äußerst waghalsig!"

Pierre blickte Harry mit seinen großen, stahlblauen Augen an, begann entwaffnend zu lächeln und antwortete:

„Eben deshalb, mein Freund, eben deshalb! Du willst solch einen Fehler doch wohl nicht ein zweites Mal begehen, oder? Und außerdem kümmerst du dich in meinem Falle nicht um irgendwelche Blümlein unterschiedlicher Sensibilität, sondern du begibst dich in einen echten Dschungel mit Feuchtklima! Also, mit Gießen alleine wirst du hier gar nichts anrichten! Du brauchst nur einmal pro Woche hinaufzugehen, dich ihnen zu zeigen, mit ihnen ein paar Worte zu sprechen und das eine oder andere gelb gewordene oder abgefallene Blatt zu entfernen. Und bei nur drei dieser vielen Töpfe wirst du eine halbe Kanne Wasser nachgießen! Werde ich dir alles genau aufschreiben! Denkst du, dass dir das gelingen wird?"

Ja, natürlich hatte Harry dann doch zugesagt. Pierres Wohnung im 4. Stock eines alten, ehrwürdigen Mietshauses in der Schopenhauerstraße, in einer feinen Wiener Wohngegend, war der Inbegriff perfekten Wohnens! Natürlich mit Lift, 220 m2 konzentrierte Gediegenheit, von den

Türschnallen weg, über die geschmackvollen Vorhang- und Teppich-Dessins, bis hin zu wunderschönen Möbeln aus aller Herren Länder. Raffiniert angebrachte Beleuchtung unterstrich die Romantik durch die in den Räumlichkeiten platzierten Pflanzen!

Harry war gerne bei Pierre auf Besuch und nie saßen sie im selben Raum, wie beim letzten Besuch: das eine Mal umrahmte sie asiatischer Lorbeer im TV-Zimmer, dann wieder saßen die beiden neben riesigen Orchideen aus Singapur in der Bibliothek, oder sie hielten sich im Wintergarten unter einer ausladenden, riesigen Rosebud Azalea auf!

Heute hatte Harry vor, sich wirklich Zeit zu nehmen und alle Pflanzen genau anzusehen! Schließlich wollte er Pierre ja, würde der dann wieder zurück sein, zeigen, dass er sich sehr wohl und auch erfolgreich um dessen Dschungel gekümmert hatte!

Er kam dort um etwa elf Uhr dreißig an und wollte die Wohnungstüre aufsperren, da fiel ihm auf, dass sie gar nicht versperrt, sondern nur zugezogen worden war! Er machte sich noch keinen Reim darauf und betrat den Vorraum. Sofort umfing ihn ein eigenartiger, eher aufdringlich-süßlicher, unangenehmer Geruch! *Nun,* dachte er, *da werde ich mich doch heute wirklich, wie geplant, um jede einzelne seiner Lieblinge zu kümmern haben! Sicherlich werde ich den Grund für diesen komischen Geruch ausforschen können!* Nun betrat er durch die erste, rechts im Flur gelegene Türe die Küche. Das war ein Ritual, denn hier stand der große Kühlschrank, in welchem er immer zwei 0,3-Liter-Flaschen einer ausgezeichneten österreichischen Biersorte vorfinden durfte! Pierre hatte seiner Bedienerin, die ausschließlich zum Lüften und zum Staubwischen in die Wohnung durfte, aufgetragen, bei Todesstrafe nicht darauf zu vergessen, dass für seinen Freund Harry Maroón immer mindestens zwei Flaschen dieser Biersorte im Kühlschrank vorrätig zu sein hatten! Harry öffnete eine Flasche und ließ den Deckel in den Abfalleimer unter der Spüle fallen. Er nahm einen kräftigen Schluck, aber der wollte nicht so richtig schmecken! Ihm war sofort klar, dass dieser eigenartige Gestank - und zu diesem hatte sich der anfängliche Geruch bereits gewandelt - der Grund dafür war! Er hielt die Flasche in der Hand und begab sich ins Wohnzimmer. Auch hier stand der ekelige Gestank im Raum, aber er dürfte sich verstärkt haben! Harry blieb eine Weile stehen und überlegte: das war kein fauliger Pflanzengeruch, nein! Hier verweste etwas! Sein letzter Besuch war acht Tage her und er hatte die Wohnung verlassen wie immer: in einwandfreiem Zustand, er hatte keine fauligen Blätter oder Stängel zurückgelassen, die leeren Bierflaschen ausgespült, etc., etc.

Erst jetzt fiel ihm die unheimliche Ruhe in der Wohnung auf: es war eigentlich immer, wenn er hier heraufgekommen war, still gewesen! Das war doch ganz normal, was hätte hier schon Geräusche verursachen können? Aber heute war das ganz anders! Diese Stille war geradezu beklemmend! Und plötzlich begann Harrys Puls zu rasen! Er blieb, die Bierflasche in seiner Rechten, stehen, schloss die Augen und überlegte: was sollte er sich hier aufregen? Über diesen komischen Gestank? Na und? Dann würde er die Ursache eben ausforschen und basta! Er öffnete die Augen und ging auf die Türe zu, die in die Bibliothek führte. Und plötzlich schien ihm der Gestank unerträglich zu werden! Er stellte seine noch halbvolle Bierflasche auf dem kleinen Beistelltisch neben der Sitzgruppe ab, zögerte noch einige Sekunden, griff in die linke Außentasche seines Sakkos und holte ein Taschentuch hervor. Dieses drückte er nun auf Mund und Nase, trat auf die Türe zu, öffnete sie vorsichtig und machte einen Schritt in den Leseraum. Sogar durch das an seine Nase gepresste Textil drang ihm der schreckliche Gestank stechend bis ins Gehirn! Und als er einen weiteren Schritt gemacht hatte, sah er es: zwischen Glastisch und Sitzgarnitur lag eine menschliche Gestalt! Der einsetzende Adrenalin-Stoß brachte Harry beinahe um! Er sah nur kurz hinüber, erkannte, dass diese männliche Leiche schon länger hier liegen musste und bemerkte ebenso die große Blutlache neben dem Kopf des Toten!

In einer ersten Reaktion hatte er sein Mobiltelefon herausgenommen und versuchte, den Polizei-Notruf zu wählen. Aber seine Hände zitterten derart, dass er keine der drei bekannten Ziffern-Tasten ordentlich bedienen konnte! Erst nach mehreren Versuchen bekam er die Verbindung, gab alle Daten bekannt und vergaß nicht zu erwähnen, dass eigentlich schon kein Notarzt erforderlich wäre! Danach verließ er die Wohnung. Draußen auf dem Gang öffnete er das nächstgelegene Fenster und holte erst einmal tief Luft, um sich von diesem schrecklichen Gestank zu befreien! Keine vier Minuten dauerte es, und

60

er hörte die Martinshörner einiger Einsatz-
fahrzeuge. Es waren einfache Funkstreifen-Besat-
zungen, die nun in die Wohnung gingen, den
Tatbestand aufnahmen und das *Landeskriminalamt West* verständigten. Man bat Harry, das
Eintreffen der Spezialisten abzuwarten, da man
ihn zu diesem anzunehmenden Mord sicherlich
befragen würde!

Der Jurist

Es dauerte nun nochmals eine geschlagene halbe Stunde, bis die Spezialtruppe eintraf, angeführt von einem mittelgroßen, grauhaarigen, mürrisch wirkenden Herrn mit Halbglatze, im dunkelblauen Trenchcoat. Sein Gesicht hatte frappante Ähnlichkeit mit einem Geier: die eng zusammenstehenden Augen bekamen durch die stark gekrümmte, riesige Nase für seine Gesprächspartner eine unangenehme Schärfe! Seine immer feuchten Lippen wabberten in ständiger Bewegung um einen viel zu großen Mund mit riesigen, gelben Zähnen herum. Nachdem der Tatort inspiziert, jede Menge Tatort-Fotos geschossen, der Totenschein ausgestellt war und alle Beweise gesichert waren, kam der Bestattungswagen, um die Leiche abzuholen. Danach stellte sich der Chef der Truppe, Oberstleutnant Dr. Gustav Regner, bei Harry vor und bat ihn zurück in die Wohnung. Der lehnte dies kategorisch ab und schlug vor, sich doch unten im Café Zeilinger zusammenzusetzen. Er würde diesen unerträglichen Gestank mit Sicherheit nicht überleben!

„Hören Sie, Herr Maroón," meinte Dr. Regner mit seiner knarrenden Stimme geduldig „wir brauchen Ihre detaillierte Aussage darüber, wie Sie die Leiche vorgefunden hatten, also den exakten Ablauf vom Betreten der Wohnung bis zur Entdeckung, ok? Weiters steht da im Wohnzimmer eine halbvolle Bierflasche, etc., etc. Außerdem," setzte er gelangweilt hinzu „wir haben schon alle Fenster aufgerissen, es ist das Ärgste bereits abgezogen!"

Dann standen beide an der Schwelle zur Bibliothek. Harry wollte es nicht, aber natürlich sah er aus den Augenwinkeln den großen Blutfleck auf dem Hochflor-Teppich! Dr. Regner räusperte sich und leierte seine Fragen ab:

„Also, wer sind Sie, wie kommen Sie in diese Wohnung, sind Sie das erste Mal hier und kennen Sie das Mordopfer?"

Gottogott! dachte Harry *Du gnädige Scheiße! Was, lieber Pierre, hast du mir da eingebrockt?* Er stellte sich kurz vor und erklärte dem Juristen:

„Mein langjähriger Freund, Herr Pierre Mounier, der Hauptmieter dieser Wohnung, weilt für längere Zeit geschäftlich in Montreal. Und er hat mir die Aufgabe übertragen, die Pflanzen in seiner Wohnung zu betreuen! Ich war heute das dritte Mal hier!" Und dazu fiel ihm noch ein: „Übrigens: die halbvolle Bierflasche da im Wohnzimmer, die ist von mir!"

Dr. Regner hob verstehend kurz die Hand: „Kannten Sie den Toten?"

„Herr Regner!" reagierte Harry auf die Frage und sprach den Juristen ohne dessen Titel an: so wie er eben erzogen worden war! „Ich habe schon beinahe gekotzt, als ich nur seine Beine und dann sehr kurz einen Teil seines verwesten Kopfes gesehen hatte! Und außer einem gewissen Dr. Albrecht, den Psychotherapeuten meines Freundes, kenne ich niemanden von Pierres Bekannten!"

Dr. Regners Handy meldete sich. Er nahm das Gespräch an, hörte kurz zu und beendete den Anruf. Dann wandte er sich wieder Harry zu und sagte:

„Nach den bei ihm gefundenen Papieren handelt es sich bei dem Toten um einen gewissen Günther Lichtsam!"

Irgendwo weit hinten in Harrys Gehirn blitzte ein Lichtlein auf! Lichtsam…Lichtsam… wo zum Teufel sollte er diesen Namen hintun? Aber er konnte sich nicht weiter darauf konzentrieren, denn Dr. Regner fuhr fort:

„Soeben aber erfahre ich zusätzlich, der war ein polizeibekannter Drogen-Dealer. Zwar nur eine eher unwichtige Nummer, aber unsere Drogenabteilung hatte einen heißen Tipp erhalten, nach dem dieser Herr Lichtsam vor einigen Tagen ein für ihn ungewöhnlich großes Geschäft durchziehen sollte!"

„Ja, aber,…" stotterte Harry „was…was macht der Mann denn in Pierres Wohnung? Nur ich und die Bedienerin haben einen Schlüssel dafür! Pierre hätte mich doch informiert, sollte er einer weiteren Person den Zugang zu seiner Wohnung gestattet haben!"

Dr. Regner machte ein zweifelndes Gesicht:

„Nun, Herr Maroón.," meinte er mit kryptischem Ton in der Stimme „was wissen wir von unseren Bekanntschaften denn wirklich? Wie lange kennen Sie Ihren Bekannten, diesen Herrn Mounier, denn schon?"

„Ach, Herr Kommissar, wir hatten bereits in der Sandkiste gespielt, unsere Mütter waren eng befreundet! Beide besuchten wir die technische Hochschule und Pierre trat vor einigen Jahren als Chef-Biologe in die Firma Rhonk & Biesmeyer ein, ein weltbekanntes Unternehmen mit Sitz in Mödling, welches sich der Erforschung von Viren- und Bakterienstämmen verschrieben hat!"

„Und Sie selbst?"

„Ich bin Cheftechniker der Entwicklung im Motorenwerk Allheimer & Spor, hier in Wien, am Alsergrund!"

„Und…was machen Sie als Angestellter um diese Zeit hier in der Schopenhauerstraße?"

Der Mann war ein sogenannter *Idipferl-Reiter, ein Erbsen-Zähler!* Alles, aber schon alles wollte der wissen! Harry lächelte kurz und klärte ihn auf:

„Das ist sicherlich kein Geheimnis, Herr Regner: ich als Abteilungschef habe das Bouvoir, mir meine Arbeitszeit individuell einzuteilen! Das heißt im Klartext, Sie können mich des Öfteren auch z.B. Sonntag nachmittags im Konstruktionsbüro arbeitend antreffen!"

Dr. Regner zog verstehend die Mundwinkel nach unten, nickte einige Male und meinte dann mit einigem Sarkasmus:

„Hören Sie, Herr Maroón, die Erfahrung sagt uns doch, dass sich eigentlich niemand grundlos in einer fremden Wohnung selbst den Schädel einschlägt, oder? Und wie Sie schon aussagten, war die Wohnungstüre nicht versperrt, sondern nur zugezogen. Sie aber würden beim Verlassen immer zweimal versperren, korrekt?"

„Korrekt, Herr Regner!"

„Also, gehen wir einen Schritt weiter: wer noch außer Ihnen beiden hatte einen Schlüssel? Es muss noch einen weiteren geben, Herr Maroón, das Schloss weist keinerlei Spuren von Gewalteinwirkung auf!" Er trat nun vor Harry hin, fixierte ihn mit seinem starren Blick und machte auf geheimnisvoll: „Ob wir da nicht unseren Herrn Mounier befragen sollten? Sie sind doch sein Freund, also wollen Sie ihn nicht kurz anrufen und zu diesem Leichenfund befragen?"

„Aber natürlich, Herr Regner!" entgegnete Harry, nahm sein Telefon heraus und wählte Pierres Nummer. Zusätzlich schaltete er den Lautsprecher an. Nach dem vierten Signal hob Pierre ab:

„Hallo, mein alter Freund Harry! Es ist hier knapp 7 Uhr morgens und du rufst mich schon an? Ist dir etwa eine Pinie umgefallen oder gibt es kein Wasser mehr in Wien?"

„Hallo, Pierre!" meinte Harry ruhig „ich bin in der Schopenhauerstraße und neben mir steht eine gewisser Dr. Regner vom *Landeskriminalamt West*. In deiner Bibliothek hatte ich heute Vormittag…eine…eine Leiche entdeckt!"

Es blieb stumm in der Leitung. Nur Pierres schweres Atmen war zu vernehmen. Dr. Regner stand mit ausdruckslosem Gesicht da und starrt Harry unverwandt an. Dieser war überzeugt, Dr. Regner würde jede auch noch so kleine Bewegung einer winzigen Gesichtsfalte in sein geistiges Tagebuch eintragen!

„Hallo, Pierre!" rief Harry „Bist du noch da?"

Einige schwere Atemzüge hörte man noch, dann meinte Pierre:

„Bitte, Harry, bitte: WAS hast du da eben gesagt? Du, ich habe in einer Stunde eine äußerst schwierige Verhandlung! Und ich hab jetzt wirklich gar keine Lust auf schlechte Späße, mein Freund!"

Dr. Regner deutete Harry, ihm das Telefon zu übergeben. Dieser überreichte ihm das Handy und der Jurist knarrte hinein:

„Hallo, Herr Mounier! Mein Name ist Oberinspektor Dr. Regner vom *Landeskriminalamt West*! Ihr Bekannter, Herr Maroón hat heute hier in Ihrer Wohnung eine halb verweste Leiche aufgefunden. Kennen Sie einen gewissen Günther Lichtsam?"

Na klar! dachte Harry sofort *So redet man als Ermittler mit einem, der vielleicht nähere Angaben machen kann! Und nicht in diesem von mir gewählten freundschaftlich-jovialen Ton!* Pierre blieb vorerst eine Antwort schuldig, aber gleich darauf gab er Auskunft:

„Hören Sie, Herr Dr. Regner, das…das ist aber schon ein Hammer! Wie…was…was denken Sie, soll ich jetzt tun?"

„Sie haben mein Frage noch nicht beantwortet, Herr Mounier!" erinnerte Dr. Regner Pierre emotionslos „Lichtsam ist der Name des Toten, Günther Lichtsam!"

Wieder blieb es einige Sekunden still und Dr. Regner sah Harry, dessen Handy locker in der Rechten wiegend, bedeutungsvoll an. *Lichtsam*, blinkte es in Harrys Kopf, *Lichtsam, Lichtsam…*

„Pierre!" rief Harry nun laut, sodass ihn sein Freund am anderen Ende auch gut verstehen konnte „Was ist jetzt? Kennst du diesen Günther Lichtsam, ja oder nein?"

„Ja, also…!" Pierres Stimme klang plötzlich gebrochen und gar nicht mehr erschrocken über die grausige Nachricht „Ja, ich hatte Günther vor einigen Monaten im *Café Stadler* kennengelernt! Er hatte sich mir als Exporteur für Messgeräte im Nanobereich vorgestellt und er machte einen doch ganz guten Eindruck auf mich! Wir trafen uns dann einige Male zum Mittagessen in der Stadt. Es war angenehm, mit ihm über unsere geschäftlichen Berührungspunkte zu plaudern, denn er war ausgesprochen firm auf meinem Forschungsgebiet!"

„Herr Mounier," meinte Dr. Regner nun „wir können alles verkürzen und Sie kommen pünktlich zu ihrem Termin, wenn wir rasch folgende Fragen klären: a) Welche Beziehung genau hatten Sie zu Lichtsam? b) Wann trafen Sie ihn zuletzt? c) Hatte Herr Lichtsam einen Schlüssel zu Ihrer Wohnung und d) Zu welchen Menschen noch hatte Lichtsam Beziehung?"

Pierre hatte eine glänzende Auffassungsgabe und er antwortete sofort:

„Vielleicht hat es Ihnen mein Freund Harry bereits mitgeteilt, Herr Kommissar: ich bin schwul und…ja, ich hatte eine leidenschaftliche Beziehung zu Günther. Daher hatte er auch einen Schlüssel zur Wohnung!"

Harry war einigermaßen durcheinander: und wieso hatte Pierre, wenn sie schon so verliebt waren, dann nicht seinen Günther mit der Pflanzenbetreuung beauftragt? Pierre fuhr fort:

„Getroffen hatten wir uns…warten Sie mal kurz…ja, vor exakt vier Wochen, also kurz vor meiner Abreise nach Kanada, und zwar im *Restaurant Europe* in der Stadt. Dort verkehrte Günther regelmäßig. Über seinen Umgang kann ich eigentlich gar nichts sagen…aber warten Sie…ja, jetzt erinnere ich mich doch: an diesem Tag war ein mir unbekannter hagerer Typ, so um die Dreißig, Fünfunddreißig, mit einem abstoßend brutalen Gesicht und blondem, hinten zusammengebundenem Haar an unseren Tisch getreten, hatte Günther die Hand auf dessen Schulter gelegt und ihm für mich doch hörbar zugeflüstert: *Alles läuft bestens, Günther, gib mir Bescheid, wo und wann wir dann alles erledigen werden, ok?* Oder so ähnlich. Dann hat er sich sofort wieder entfernt. Er trug, soweit ich mich erinnern kann,…warten Sie…schwarze Sport-schuhe, schwarze Jeans und eine mittelgraue Kapuzenjacke. Auffallend an dieser Jacke war ein auf dem Rücken aufgedruckter, gelb-roter, schla-fender Bär! Ich habe keine Ahnung, worum es da ging, wirklich, Herr Dr. Regner!"

„Werden Sie nach Wien kommen und wann?" fragte Dr. Regner noch.

„Na, ganz sicher irgendwann in den nächs-ten Tagen, das scheint klar! Ich muss mich doch jetzt um die Wohnung kümmern!"

Natürlich meinte er seine Pflanzen, der lie-be Pierre! Harry kannte ihn besser als jeder andere Mensch! Aber Harry wusste natürlich noch nicht, worum sich sein alter Freund Pierre noch zu kümmern hatte…

Das Telefonat war beendet und Harry folgte Dr. Regner, der nun sinnierend hinaus ins Vor-zimmer ging. Plötzlich blieb er stehen, drehte sich zu ihm um und erstach ihn beinahe mit seinem Blick:

„Sind Sie schwul?"

„Aber nein, Herr Regner, überhaupt nicht!" meinte Harry lächelnd „Aber deshalb kann man doch auch gute Freundschaften mit homosexu-ellen Menschen pflegen?"

Dr. Regner ging auf Harrys Gegenfrage nicht ein und fuhr fort:

„Können Sie sich vorstellen, dass Ihr Freund Pierre in eine Drogen-Geschichte verwickelt sein könnte?"

Der Mann verlor wirklich keine Zeit!

„Nein, Herr Regner, niemals! Dazu kenne ich ihn einfach zu gut! Also, ja…man sollte zwar nie die Hand für jemanden ins…"

„Tun Sie´s nicht!" unterbrach ihn Regner trocken „Aber einmal ganz ehrlich: haben Sie sich, Herr Maroón, in der Zwischenzeit denn nicht auch schon Gedanken gemacht, wieso die Geldübergabe eines großen Deals ausgerechnet in der Wohnung Ihres Freundes stattfinden sollte?"

Harry schwieg betroffen. Natürlich waren ihm einige solcher Ideen durch den Kopf gerast, aber er stand doch noch zu sehr unter dem Eindruck dieser aufgefundenen Leiche!

„Hören Sie," versuchte er, sich ein wenig klarer zu werden, „viel mehr Gedanken darüber wird sich doch eher mein Freund machen müssen, oder? Und, pardon bitte, das gibt es auch? Einen schwulen Drogenhändler? In einem Milieu, das von Gier, Gewalt und Skrupellosigkeit geprägt ist? Das…das passt doch überhaupt nicht zusammen, Herr Regner, oder?"

Der sah ihn ausdruckslos an, verzog seine Wurstlippen zu einem nach unten gebogenen Mond und meinte dann nickend:

„Der Ermordete war Zeit seines Lebens keine große Nummer im Geschäft, Herr Maroón! Dieser angebliche Riesendeal allerdings sollte mit über einer Million Euro cash abgewickelt werden. Dies ergaben unsere ersten Recherchen! Wenn also ein kleiner Dealer eine Million aufstellt, um gute Ware anzukaufen, dann macht er daraus zumindest zehn Millionen. Alles in bar, ohne Steuern. Und? Fragen wir uns doch, ob bei solchen Summen in unseren Überlegungen irgendwelche menschliche Neigungen vielleicht gar keinen Platz haben könnten?" Er blickte Harry einige Sekunden lang prüfend an und setzte plötzlich hinzu: „Kennen Sie einen Roman Lobner?"

Harry verneinte sofort. Ihm brummte nun schon gewaltig der Kopf! Und dazwischen immer wieder dieses Blinken: *Lichtsam...Lichtsam... Lichtsam...*Er wollte jetzt eigentlich gar nichts mehr auf sich zukommen lassen und ersuchte Dr. Regner, ob er für weitere Aussagen denn nicht morgen in dessen Büro kommen könne? Der winkte ab und teilte ihm mit, dass er sich, sollte es noch Fragen geben, melden werde. Sein Kollege und er würden nun mit den Befragungen der Hausbewohner beginnen. Nun fiel Harry noch etwas ein:

„Ich sollte nicht vergessen, Herr Regner: Herrn Mouniers doch sehr wertvolle Pflanzen bedürfen ständiger Überwachung, zumindest einmal alle zehn Tage! Werden Sie die Wohnung versiegeln? Wie komme ich dann hinein?"

Dr. Regner sah Harry ausdruckslos an, stieß die Luft zwischen seinen wabbernden Lippen aus an und meinte flach:

„Die Wohnung muss versiegelt werden, natürlich! Da drinnen ist ein Mensch zu Tode gekommen, nicht? Na, und wenn jetzt auch noch ein paar Pflanzen sterben müssen? Also: was soll´s?"

Harry wollte weiter nichts von ihm wissen. Sie tauschten ihre Karten aus und Harry war entlassen.

Unruhe im Betrieb

Harry Maroón hatte zu dieser Zeit ein gewaltiges Problem in der Abteilung *Konstruktion* zu behandeln: in der Getriebe-Entwicklung ging es um die möglichst rasche Klärung eines mysteriösen Vorfalles hinsichtlich Werks-Spionage! Es war durchgesickert, dass jemand die Konstruktionspläne der neuen *TSR 775*, einer brillant ausgetüfftelten, energiesparenden Motoren-Getriebe-Verbindung, auf einen Stick kopiert hätte und es gelungen sein könnte, diese Daten durch die hochkomplexen Sicherheitseinrichtungen aus dem Areal hinauszuschmuggeln! Die Geschäftsleitung stand verständlicherweise Kopf und die firmeninternen EDV-Spezialisten, wahrlich absolute Gurus auf ihrem Gebiet, arbeiteten Tag und Nacht, um die Spur hinter dem Dieb zu verfolgen und ihn identifizieren zu können!

Dr. Hubert Lehner, einer der beiden Inhaber des Unternehmens, stand in seiner gewaltigen Erscheinung bei Harry im Büro, die Hände in den Hosentaschen und wippte nervös auf den Zehen. Er präsentierte sich hier als die personifizierte Nervosität, jedermann konnte das daran erkennen, da Lehner im Zustand höchster Anspannung laufend seine Unterlippe nach links verschob und mit den Schneidezähnen den rechten Mundwinkel bearbeitete! Das sah immer etwas eigenartig aus, signalisierte aber seinen Gesprächspartnern unmissverständlich, ab sofort entweder effizientere Argumente zu bringen oder sich möglichst rasch und elegant zu entfernen!

„Hören Sie, Maroón!" meinte er nach einigem Überlegen, „wie denken Sie über diese

Sache? Wir haben doch alle Leute, die irgendwie Zugang zu diesen Daten haben, auf Herz und Nieren schon vorab geprüft! Das kann doch nur jemand sein, der finanzielle Probleme hat und diese auf einen Schlag gelöst haben will, oder?"

„Nun," mutmaßte Harry „das muss ja nicht unbedingt eine finanzielle Frage sein, Herr Lehner: der Dieb möchte sich möglicherweise bei der Konkurrenz wichtigmachen und dort vielleicht einen Super-Job ergattern wollen? Aber das wäre ja das Dümmste überhaupt: die Konkurrenz wird ihm das Ding abnehmen, ihn einstellen und er wird dort nie einem besonderen Job nachkommen dürfen: denn wer, bitte, vertraut schon einem solchen Charakter irgendwelche Geheim-Daten aus dem eigenen Unternehmen an?"

Dr. Lehner nickte zustimmend und kaute weiter auf seiner Unterlippe. Harry dachte, ihn ein wenig beruhigen zu müssen und setzte hinzu:

„Ich hatte zuvor mit den EDV-Leuten gesprochen, Chef: die sind gar nicht so sicher, dass diese Daten unser Firmenareal überhaupt schon verlassen haben! Wir wissen, dass sämtliche Konstruktions-Zeichnungen höchst kompliziert codiert und daher abgesichert sind. Also, wenn jemand solche Daten auf dem Bildschirm auch nur öffnen möchte, benötigt er dazu zwei Genehmigungen mit täglich wechselnden Passwörtern! Aber auch wenn dieser Jemand es schaffen sollte, sogar diese Hürden zu umgehen und die Daten zu kopieren, kommt er damit erstens nicht aus dem ebenso gesicherten Gebäude und zweitens schon gar nicht am Portier bzw. an den dort an der Ausfahrt installierten Funk-Lesegeräten vorbei! Also," schloss er „machen wir uns jetzt keinen allzu großen Kopf, Herr Lehner, und warten wir die Untersuchungsergebnisse unserer Spezialisten ab, ok?"

Die Unterlippe rutschte wieder in die Normalstellung zurück und Dr. Lehner atmete erleichtert auf!

„Ihr Wort in Gottes Ohr, Maroón!" meinte er „Die Geschichte geht mir und natürlich auch uns allen doch ernstlich an die Nieren! So etwas hätte uns jetzt in Zeiten von für uns wichtiger, jedoch leider zurückgehaltener Entwicklungsaufträge gerade noch gefehlt!"

Damit verließ er mit nachdenklicher Miene das Büro. Harry saß noch eine Weile da und überlegte:

'Also: die beiden Passwörter liegen in meinem Safe, im Safe von Dr. Lehner und im Safe des EDV-Chefs. Und ich war's nicht und - das darf man wohl annehmen - , dass es der Chef auch nicht war! Und unser EDV-Chef? Na bitte, also der hätte aber schon andere Möglichkeiten, sich diese Daten unbemerkt mit nach Hause nehmen zu können, oder? Also, woher sollte jemand die beiden Passwörter erhalten haben? Ist vielleicht alles nur eine Hysterie, möglicherweise wird sich das als technischer Irrtum herausstellen und ich denke, das können wir beruhigt abwarten!'

Harry ging aus dem System, erhob sich und machte sich fertig für die Fahrt zum Flughafen…

Wiedersehen mit vielen Fragen

Pierre hatte seinem Freund Harry zwar mitgeteilt, dass er am nächsten Dienstag in Wien ankommen würde, ihm jedoch noch keine Ankunftsdetails durchgegeben. Harry plante, sollte Pierre sich nicht mehr melden, eine kleine Überraschung und suchte sich über die Flughafen-Homepages der beiden Flughäfen Frankfurt und Wien die Ankunft der Maschine aus Montreal heraus. Nachdem Pierre ihn nicht mehr kontaktiert hatte, nahm er an, dass er anderweitig etwas für seine Abholung organisiert hätte! Dennoch wollte er am Flughafen sein. Wieso ihm das diesmal so wichtig erschien, konnte er eigentlich nicht sagen. Aber seit dieser Leichengeschichte in Pierres Wohnung lief sein Denken grundsätzlich langsamer, überlegter ab! Was ihn jedoch wirklich beunruhigte war, dass er plötzlich ein imaginäres, trennendes Band zwischen Pierre und sich selbst gespannt hatte! Und über die ganze Länge dieses Bandes liefen für Harry beunruhigend die Namen *Dr. Regner...Lichtsam...Pierre ...Dr.Regner...Lichtsam... Pierre...*

Es war wie mit einem Schwungrad: einmal gestartet durch den Leichenfund, kam Dr. Regner mit seinen in vielen Jahren trauriger Erfahrung gesammelten, stereotypen Bemerkungen hinzu! Und schon stand Harrys Verhältnis zu seinem ältestem Freund nicht mehr wie gewohnt fest und unverrückbar auf vier kräftigen Säulen!

Es war früher Nachmittag, der Betrieb am Flughafen Wien war eher mäßig, denn der große Ansturm würde, wie üblich, ja erst so ab ca. 16 Uhr einsetzen. Harry kaufte sich in einem SB-

Café in der Ankunftshalle einen Cappuccino und setzte sich so, dass er die durch die Zollkontrolle ankommenden Passagiere ganz leicht überblicken konnte. Als er eben seinen ersten Schluck nehmen wollte, erstarrte er plötzlich in seiner Bewegung: ungefähr drei Meter vom effektiven Passagier-Empfangsbereich stand mit dem Rücken zu ihm und etwas abgegrenzt ein Typ, der ihm bekannt vorkam: er war ca. eins achtzig groß und trug blondes, spärliches, hinten zu einem Schwänzchen zusammengebundenes Haar! Dazu schwarze Sportschuhe, dunkle Jeans und eine mittelgraue Kapuzenjacke mit einem auf dem Rücken aufgedruckten schlafenden, gelb-roten Bären! Verdammt nochmal, was hatte dieser Typ aus dem *Restaurant Europe* zu Pierres Ankunftszeit hier auf dem Flughafen zu tun? Pierre hatte diesen Typ dem Dr. Regner doch als ihm gänzlich unbekannt beschrieben! Und an Zufälle, also, an die glaubte Harry schon gar nicht!

Sein Puls schoss derart in die Höhe, dass ihm direkt schwindlig wurde! Wie, zum Teufel, sollte er sich denn nun verhalten? Was nicht alles konnte er jetzt durch falsches Handeln kaputtmachen? Harry begann zu schwitzen, seine Knie zitterten sogar beim Sitzen und tausend unkontrollierte Gedanken blitzten durch seinen Kopf!

Er zwang sich, ruhig zu bleiben, was ihm durch einige Male kräftiges und rhythmisches Ein- und Ausatmen dann doch gelang! So, nun war er in der Lage, etwas lockerer zu denken: Pierre war seine Anwesenheit hier bei seiner Ankunft nicht bekannt. Dieser Typ kannte Harry höchstwahrscheinlich nicht. Jetzt gab es zwei Möglichkeiten: entweder holte dieser Typ seinen

Freund unerwarteter Weise ab, was bei Pierre großes Erstaunen auslösen musste! Oder die beiden kannten sich, und somit war für Harry klar, dass Dr. Regner mit seiner Lebenserfahrung ganz richtig lag: wer kennt seine Freunde denn schon wirklich?

An der großen Anzeigetafel konnte Harry die Ankunft der Maschine aus Frankfurt sehen: sie war bereits vor 20 Minuten gelandet. Das bedeutete, dass die Passagiere nach der Passkontrolle und nach dem Zoll in Kürze in die Ankunftshalle herauskommen mussten! Und da war er schon! Sein alter Kumpel Pierre spazierte mit einer Reisetasche und einem großen Trolly zusammen mit den anderen Reisenden am Zoll vorbei und ging auf die wartenden Abholenden zu. Harry war derart aufgeregt, dass er meinte, kotzen zu müssen! Pierre machte keinerlei Anstalten, stehenzubleiben und nach jemandem Ausschau zu halten! Dies bestätigte Harry, dass sein Freund nicht erwartete, abgeholt zu werden! Als dieser bereits ein paar Meter in der Ankunftshalle gegangen war, trat plötzlich der blonde Typ auf ihn zu und sprach ihn an! Von Harrys Platz aus konnte dieser sehen, dass Pierre anhielt und erstaunt die Augenbrauen hob! Der Typ sprach auf ihn ein und machte danach mit dem rechten Arm eine einladende Handbewegung nach draußen!

Harry wusste später nicht, was in ihn gefahren war, aber er sprang auf und ging schnellen Schrittes die paar Meter auf die beiden zu! Als er schon beinahe bei ihnen war, konnte er hören, wie der Typ mit drängendem Ton zu Pierre sagte:

„Ich würde jetzt aber wirklich mitkommen, Günther! Meine Leute verstehen da überhaupt keinen Spaß!"

Da Harry sich von der Seite genähert hatte, konnte Pierre ihn erst im letzten Moment erblicken. Er riss völlig überrascht die Augen auf, Harry war schon angekommen und grüßte ihn übertrieben laut:

„Hey, Pierre, du alter Recke! Du lieber Himmel! Ja, ist denn das die Möglichkeit? Mein alter Kumpel Pierre! Wenn das kein glücklicher Zufall ist! Hör mal, Junge: meine Bekannte dürfte ihren Flug versäumt haben, ich stehe da wie sprichwörtlich bestellt und nicht abgeholt und da stehst du plötzlich! Hey! Wie lange ist das jetzt her, dass wir beide ein kühles Blondes genossen hatten? Das holen wir aber jetzt sofort nach, ok? Und dann fahre ich in die Stadt, nehme dich natürlich mit und du sparst dir das Taxi, ok?"

Harry nahm Pierre nun fest beim Arm, drückte zweimal kurz und Pierre verstand sofort! Der blonde Typ stand mit ausdruckslosem Gesicht da und wusste nicht, wie er sich verhalten sollte! Harry wandte sich ihm zu, hob entschuldigend die Schultern und meinte kurz angebunden:

„Sie entschuldigen, mein Herr?"

Pierre sprach kein Wort und beide entfernten sich rasch und gingen hinaus zum großen Parkplatz! Beim Kassa-Automaten hielten sie an und Harry sah sich unauffällig um! Er konnte den Typ sehen, wie dieser langsam, wie ferngesteuert, an den großen Scheiben des Ankunftsgebäudes entlang trottete, sein Handy ans Ohr gepresst. Harry wollte um keinen Preis, dass er vielleicht seine Autonummer erkennen konnte und wartete, bis der Mann sich etwa auf einhundert Meter entfernt hatte. Nun löste Harry das Ausfahrtsticket, sie gingen zum Wagen und Harry fuhr gemeinsam mit anderen Fahrern auf den Ausfahrtsschranken zu. Dieser öffnete sich automatisch und er lenkte den Wagen auf die Autobahn in Richtung Stadt. Ängstlich hielt er im Rückspiegel Ausschau nach dem Blonden, konnte aber kein verdächtig folgendes Fahrzeug erkennen! Erst nachdem Harry bei zwei Ausfahrten ab- und gleich auch wieder aufgefahren war und noch immer kein Verfolger zu bemerken war konnte, war er doch einigermaßen beruhigt!

Pierres Wahrheit

Bis dahin hatten sie kein einziges Wort gewechselt. Harry beobachtete seinen Freund aus den Augenwinkeln und dessen Gesichtsausdruck wirkte nachdenklich! Harry fühlte sich verpflichtet, ihn aufzuklären, betätigte den Blinker und fuhr nun von der Autobahn ab. Er kannte hier an der alten Straße zum Flughafen ein nettes Kaffee-Restaurant, parkte davor, sie stiegen aus und betraten das beinahe leere Lokal. Im hinteren Teil des rechten Flügels in einer Nische mit Polster-bänken an einem Kaffeehaustischchen mit grauer Marmorplatte nahmen sie Platz. Jetzt konnte Pierre wirklich nicht mehr aus: sie saßen sich gegenüber, keiner sah den anderen an und für Harry hingen natürlich schwer zwei Fragen im Raum: a) ob Pierre ihm reinen Wein einschenken würde und b) inwieweit sich Dr. Regners Lebens-weisheiten in diesem Falle bestätigen würden!

Nun blickte Harry auf und fixierte Pierre mit zusammengekniffenen Augen so lange, bis der ebenfalls aufsah, ein paar Mal durchatmete und sich dann murmelnd zu einem interessanten Satz bequemte:

„Erstens, mein alter Freund, danke für deine Hilfe und zweitens: du solltest gar nichts wissen!"

Na, das war jetzt aber hilfreich! Harry schüttelte seinen Kopf und entgegnete ihm mit ironischem Unterton:

„Ach ja, mein alter Freund! Ich sollte gar nichts wissen? Na, danke, das passt dann schon! Du überlässt mir deine Wohnung zum Betreuen, in der Wohnung liegt eine ermordete Person, die zu Lebzeiten ein Drogendealer gewesen sein soll!

Was denn sollte ich nun nicht wissen? Was mein Freund Pierre Mounier mit Drogen, mit verunglückten Geldübergaben und mit ermordeten Dealern zu tun hat?" Er breitete seine Arme mit geöffneten Handflächen seitlich aus: „Bitte, Pierre, nur eine einfache Antwort und ich gebe auch schon Ruhe: bist du im Drogengeschäft oder nicht?" Pierre wollte antworten, Harry aber stoppte ihn mit erhobener Hand und fuhr fort: „Wenn ja, mein Freund, führe ich dich auf direktem Wege, wohin du willst, weil in die Wohnung, so glaube ich, kannst du zur Zeit wegen des behördlichen Siegels nicht rein. Und dann möchte ich nichts mehr von dir wissen, Pierre: du hättest mit deinen Drogenverbindungen alles, aber auch alles, was zwischen uns beiden war und ist, zerstört! Wenn aber nein, dann müssen wir schnurstracks darangehen, dich aus diesem Schlamassel schnellstens rauszuholen! Also?"

Harrys Kopf war abwartend nach vorne geruckt, er sah Pierre fordernd an und hatte seine Hände verschränkt vor sich auf dem Tisch liegen. Pierre wand sich wie ein Aal im Netz, jetzt stützte er den Ellenbogen auf dem Fensterbrett auf, legte seinen Kopf in die Hand, dann setzte er sich wieder gerade hin, die Arme seitlich auf der Bank abgestützt und endlich, endlich sah er seinen Freund direkt an:

„Harry, bitte glaube mir eines: nie, nie im Leben würde ich mich mit diesem Scheiß abgeben, du kennst mich! Sogar in unseren wildesten Studenten-Zeiten hatten wir beide das Konsumieren oder das Handeln mit diesem Dreckszeug ja immer kategorisch abgelehnt, nicht? Nein, Harry, du darfst beruhigt sein: ich selbst habe gar nichts damit zu tun! Aber das muss ich dir gestehen: ich wusste sehr wohl, wer Günther war und mit welchen Leuten er verkehrte! Hatte er mir doch anfangs unserer Beziehung sogar angetragen, in dieses Geschäft einzusteigen: innerhalb von zwei, drei Jahren wäre ich zum Millionär geworden! Natürlich hatte ich abgelehnt und ihn im Interesse unserer Liebe gebeten, diese Sache aus unserem Leben strikt herauszuhalten! Und Günther war unsere Beziehung so viel wert, dass er sich wirklich an meine Bedingung gehalten hatte!"

Er hielt ein wenig atemlos inne, das alles war zu viel für ihn! Harry ließ ihm Luft, saß da mit versteinerter Miene, sagte kein Wort und wartete. Nach einiger Zeit fuhr Pierre fort:

„Wir lebten zwar nicht zusammen, aber Günther besaß einen Schlüssel zur Wohnung. Schließlich übernachtete er oft bei mir, oder hatte abends schon eingekauft und es war, wenn ich vom Büro heimkam, schon herrlich vorgekocht! Es war, Harry, die wirklich große Liebe! Natürlich hing dieses Drogen-Damokles-Schwert irgendwie immer über unserer Beziehung! Und als es einmal passierte, dass es, als wir eben beim Nachtmahl saßen, an der Türe läutete, sprang Günther sofort auf und meinte, er regle das schon! Er ging zur Sprechanlage, betätigte den Knopf und gab bekannt, er würde schon unterwegs sein! Danach verließ er für ein paar Minuten die Wohnung und als er zurückkam, entschuldigte er sich und ersuchte mich, die Angelegenheit zu vergessen. Natürlich konnte ich das zwar nicht, aber ich respektierte seinen Wunsch! Aber das war natürlich grundfalsch, Harry, wie du dir denken kannst: jetzt wusste nämlich jemand aus seinem Milieu, wo Günther zu erreichen war: natürlich in **meiner** Wohnung!"

Er brach ab, bedeckte sein Gesicht mit beiden Händen und schüttelte dabei den Kopf. Er schämte sich wirklich! Harry war sein bester Freund und er hatte nichts anderes gewollt, als ihn aus diesem Scheiß heraus zu halten! Harry wartete einige Sekunden, lehnte sich nach vor, legte seine Hände beruhigend auf Pierres Unterarme und meinte leise und beschwichtigend:

„Alles ok, Pierre, alles ok! Jetzt kommst du einmal zu mir nach Hause und quartierst dich ein! Dann rufst du Dr. Regner an und klärst alle seine noch offenen Fragen! Vielleicht müssen wir auch aufs Kommissariat, natürlich fahre ich dich, wohin du noch musst, ich hab mir für heute frei genommen!"

Er rief die Kellnerin, bezahlte ihre Kaffees und bedeutete Pierre, noch sitzenzubleiben! Dann erhob er sich und begab sich zur Toilette. Von dem Gang, dcr dahin führte, kam man auch auf den Hinterhof, soweit war Harry die Anlage des Lokals noch bekannt. Er öffnete vorsichtig die Türe und spähte hinaus auf den Parkplatz. Wie er erkennen konnte, waren die selben vier Autos abgestellt, die schon da gestanden hatten, als sie beide angekommen waren! Harry war beruhigt, holte Pierre ab und sie fuhren zu ihm nach Hause.

Neues vom Betrieb

Als Harry am nächsten Morgen ins Büro kam, teilte ihm Helga, seine Sekretärin mit, dass ihn Dr. Lehner sofort zu sprechen wünschte! Zwei Minuten später saßen Dr. Lehner und Harry sich in der bequemen Besprechungsgarnitur in Dr. Lehners Büro gegenüber. Die Kaffees waren gleich serviert und der Chef schien höchst angespannt zu sein. Ununterbrochen kaute er an seinem rechten Mundwinkel! Hatte man den Spion bereits erwischt? Gab es weitere Probleme in diesem unangenehmen Fall von Werksspionage? Beide nippten an ihren Tassen, dann beugte Dr. Lehner sich vor, nahm eine zusammengefaltete Zeitung vom Tischchen und reichte sie Harry herüber. Der nahm sie in die Hand, schlug sie auseinander und erstarrte: es war eine Aufnahme von Pierres Bibliothek mit der Leiche vor dem Couchtisch! Natürlich waren alle unappetitlichen Stellen, wie der Kopf und die Blutlache graphisch unkenntlich gemacht! Harry betrachtete mit zittrigen Händen die Aufnahme und bemühte sich, mit ruhiger Stimme zu fragen:

„Ja, und, Herr Lehner? Was sollte ich dazu sagen?"

Dieser holte tief Luft, ließ den Atem langsam aus und meinte dann:

„Der Ermordete war ein gewisser Günther Lichtsam!"

Harry zog die Augenbrauen zusammen, schüttelte leicht den Kopf, spielte den Unwissenden und fragte:

„Ja? Und was haben wir denn als Firma Allheimer & Spor mit ihm zu tun? Hier steht, dieser Lichtsam war nur ein kleiner Drogendealer! Ok, dann hat es ihn eben erwischt! Kommt doch immer wieder vor in diesem Milieu, oder?"

„Richtig, Maroón," antwortete Dr. Lehner ruhig, „aber der Mann war einige Monate bei uns beschäftigt, und zwar war das vor etwa acht bis zehn Jahren! Ich lasse das eben nachprüfen! Und was denken Sie, weswegen er uns wieder verlassen hatte?"

Harry sah Dr. Lehner mit hochgezogenen Augenbrauen gespannt an. Dessen Gesicht war eine einzige ernste Miene:

„Man hatte ihn beim Kopieren von Plänen unserer damals brandneuen, revolutionären LKW-Zündfolgen GAH-Z 77 erwischt, Maroón! Wir hatten damals von einer Anzeige abgesehen, so wie er im Gegenzug auf sämtliche Abfertigungs-Ansprüche verzichtet hatte! Gleich nach diesem Vorfall hatten wir ja unsere bislang schon erstklassigen Sicherheits-Einrichtungen auf neue, sautcure Elektronik umgestellt! Sie erinnern sich?"

Na endlich! Jetzt war es da, jawohl! War dieser Name ja doch irgendwo bei Harry abgespeichert! Der rutschte auf seinem Sessel unruhig hin und her.

„Sagt Ihnen dieser Name noch etwas, Maroón?" fragte Dr. Lehner, der seinen Abteilungschef genau beobachtet hatte, mit forschendem Ton „Sie entschuldigen, aber ich habe so das Gefühl, dieser Lichtsam berührt Sie auf eine Art und Weise, aus der ich nicht klug werden kann! Nun?"

Harry hatte sich gefangen. Er winkte ab und meinte:

„Nein, nein, sicher nicht, Herr Lehner! Sie entschuldigen bitte: ich muss da in meinem Bekanntenkreis noch eine höchst unangenehme Angelegenheit, die mir leider so schnell nicht aus dem Kopf geht, klären! Und dies hier nun dazu? Aber das betrifft keinesfalls diese unangenehme EDV-Geschichte, ok?"

Dr. Lehner gab sich damit zufrieden und Harry verließ das Chef-Büro. Jetzt hatte er ordentlich Summen im Kopf! Lichtsam, ein Drogendealer, Lichtsam, ein Werks-Spion, was war der Typ denn noch alles gewesen?

Das Verhör

Pierre hatte Dr. Regner kontaktiert und sie hatten den Besuch Pierres in Dr. Regners Büro für nach dem Essen vereinbart. Nun saßen sie sich am Besprechungstisch gegenüber, jeder sein Getränk vor sich. Dr. Regner schaltete das Aufnahmegerät ein und begann das Verhör:

„Herr Mounier, Sie hatten mir am Telefon bereits einiges verraten. Aber was mir hier wie ein großes Leck im Schiffsrumpf auffällt ist: wie kann das sein, dass Sie überhaupt nichts von Lichtsams Drogengeschäften wussten? Er war, wie Sie mir mitteilten, Ihr Lebenspartner, Herr Mounier? Also, etwas musste Ihnen doch aufgefallen sein, oder?"

Dr. Regner stellte seine Fragen gezielt und leidenschaftslos! Jetzt lehnte er sich gemütlich zurück, verschränkte die Hände im Schoß und sah Pierre mit schräg gelegtem Haupt an. Es war die typische Verhör-Pose: der Verhörte sollte den Eindruck bekommen, alles sei nicht so übel, der Polizist wollte eine eher gemütliche Aussprache und die Angelegenheit sei in Kürze besprochen! Leider lief das bei Dr. Regner gar nicht so: er konnte sich gemütlich stellen, wie er wollte: seine kleinen, schwarzen Augen fixierten sein Gegenüber wie mit überlangen Dolchen! Natürlich war dieser Effekt bei Pierre nicht anders, aber Harry hatte ihn noch am Morgen entsprechend vorbereitet und Pierre erzählte Dr. Regner das Gleiche, das er seinem Freund schon preisgegeben hatte! Und er schloss mit seiner Vermutung:

„Ich habe Angst, Herr Dr. Regner, ich habe wirkliche Angst vor diesen Mördern! Was weiß ich denn, was die von mir denken? Wenn die meinen, ich wüsste alles über meinen erschlagenen Freund, dann werden sie wie das Amen im Gebet auftauchen und mich in die Mangel nehmen! Und sie werden mich umbringen, jawohl! Weil ich ihnen ja wirklich nichts sagen kann! Und das werden die mir ganz sicher nicht abnehmen! Wobei das Kuriose dabei ist, dass ich Günther schon zu Anfang unserer Beziehung strikt verboten hatte, mir auch nur das geringste Detail über seine Geschäfte bekanntzugeben!"

Dr. Regner sah Pierre mit ausdruckslosem Blick an:

„Und, Herr Mounier, jetzt einmal ganz ehrlich: hat Herr Lichtsam sich an Ihre Vereinbarung auch wirklich gehalten?" Er setzte einen zweifelnden Blick auf und setzte hinzu: „Wirklich zu einhundert Prozent?"

Pierre verlor beinahe die Beherrschung und mit erhobener Stimme fuhr er Dr. Regner an:

„Hören Sie, Herr Dr. Regner, ob Sie mir jetzt glauben oder nicht: ich hab da die Leiche eines Drogendealers in meiner Wohnung, eines Mannes, mit dem ich liiert war, den ich geliebt hatte und ich suche jetzt Hilfe bei Ihnen, ist das klar? Warum also sollte ich Sie belügen, he?"

Dr. Regner machte mit den Armen eine beschwichtigende Geste und meinte:

„Bitte! Jetzt bleiben Sie schon ruhig, Herr Mounier! Aber verstehen Sie auch uns hier: ich soll einen Mord im Drogenmilieu aufklären und Sie sind nun mal der einzige, der meines Erachtens Näheres über den Toten aussagen könnte! Also, versuchen wir es weiter, und jetzt denken Sie bitte wirklich konzentriert nach: hatten Sie irgendwann, irgendwo oder irgendwie einen Bekannten des Herrn Lichtsam kennengelernt, von diesem Einzelheiten erfahren, oder über ihn sprechen hören, etc., etc.?"

Pierre zermarterte sich sichtlich das Gehirn und sagte:

„Also, die Szene im Restaurant, die hatte ich Ihnen ja bereits am Telefon geschildert! Ja, und…noch etwas hab ich in Erinnerung: als Günther eines Abends zu mir nach Hause kam, legte er, wie er es immer tat, seine Brieftasche, seine Uhr, seinen Ring und Kleingeld auf der Trumeau-Kommode im Vorzimmer ab. Dabei fiel eine Visitenkarte zu Boden, er dürfte das nicht bemerkt haben und kam ins Wohnzimmer. Wir plauderten eine Weile, bis ich aufstand und auf die Toilette musste. Als ich bei der Kommode vorbei kam, sah ich sofort die Visitenkarte auf dem Boden an der Schmalseite der Kommode liegen. Ich hob sie auf und natürlich warf ich einen Blick darauf."

Er brach ab und dachte angestrengt nach. Dr. Regner hatte sich aufgerichtet und blickte Pierre gespannt über den Tisch an:

„Und? Was sagte diese Visitenkarte aus? Konnten Sie sich einige Daten darauf merken?"

Pierre sprach langsam, so als spräche er in Trance:

„Das war eine…hellgraue Karte mit dunkelblauer Schrift, es…war in blauer Kursivschrift zu lesen und da stand…warten Sie…*Robert Hallberg - Autoreperaturen*, Moment, ich…ich glaube, ich konnte mir sogar die Postleitzahl merken, ich meine das war…*3430* oder 3450…ob da nicht noch…*Tulln* dabeistand?"

Er hielt erschöpft inne, Dr. Regner hatte alles auf Band und meinte:

„Das ist wunderbar, Herr Mounier, wirklich! Haben Sie sonst noch irgendwelche wichtigen Details auf Lager? Wenn nicht gleich, dann rufen Sie einfach an, so Ihnen noch andere Einzelheiten zu Ihrem Freund einfallen, ok?"

Er erhob sich, das Verhör war beendet, beide verließen den Raum und Dr. Regner begleitete Pierre bis zum Ausgang. Sie schüttelten sich die Hände, Dr. Regner war zufrieden und Pierre hatte das sichere Gefühl, dass sich die Polizei um diese Sache umgehend kümmern würde!

Und noch etwas…

Dr. Regner kam zurück in sein Büro und nach ein paar Minuten war klar: die Fa. Hallberg in Tulln war ein renommiertes Unternehmen der Autobranche, spezialisiert auf Restaurierungen von Oldtimern. Aber auch weitere Details kamen auf Dr. Regners Tisch zu liegen: der Besitzer Robert Hallberg hatte bereits einige Anzeigen wegen Drogenvergehens überstanden: nie hatte man ihm letztendlich hieb- und stichfest Drogenhandel nachweisen können, aber er stand immer noch im Fokus der Spezialeinheiten der Drogenfahndung!

Natürlich war in der Presse der Mord in der Schopenhauerstraße mit der Fülle neuer Ereignisse in den Hintergrund journalistischer Arbeit gerückt! Dr. Regner setzte sich mit seinen Kollegen vom Rauschgiftdezernat zusammen und es wurde ein höchst diffiziler Plan zur unauffälligen 24-Stunden-Überwachung des Tullner Unternehmens ausgearbeitet (wie sich jedoch später herausstellte, entpuppte sich dieser Robert Hallberg nur als Kunde von Günther Lichtsam). Kaum war Dr. Regner in sein Büro zurückgekehrt, als seine Sekretärin die Verbindung mit einem Herrn Mounier herstellte!

„Na, mein Guter?" gab Dr. Regner sich jovial „Haben wir noch etwas auf Lager?"

„Das, Herr Dr. Regner, hatte ich doch in der Aufregung glatt vergessen: als ich gestern am Flughafen Schwechat angekommen war, wurde ich in der Ankunftshalle von diesem Typ aus dem *Restaurant Europe*, den ich Ihnen schon beschrieben hatte, angesprochen! Er forderte mich auf, mit ihm hinaus zum Parkplatz zu gehen, als plötzlich mein Freund Harry…" „Harry Maroón?" unterbrach ihn Dr. Regner „…ja, richtig, Harry Maroón war es! Also, Harry tauchte unerwartet auf, spielte eine gekonnte Wiedersehens-Szene ab und konnte mich solcherweise aus den Fängen dieses Typs befreien! Pardon, Herr Dr. Regner, aber das wollte ich noch nachgereicht haben!"

Dr. Regner bedankte sich und was war die logische Folge? Noch am Abend desselben Tages saß Harry Maroón in Dr. Regners Büro! Anstatt ihm Vorwürfe wegen Verdunkelung zu machen, wollte er rasch einen möglichst genaue Beschreibung dieses Typen vom Flughafen haben! Harry konzentrierte sich echt und danach lag die von einem Phantombild-Zeichner angefertigte, erstklassige Abbildung dieses Drogen-Typen auf Dr. Regners Schreibtisch! Harry war entlassen und Dr. Regner empfahl ihm, seinem Freund Pierre zu raten, sich möglichst rasch nach Kanada abzusetzen: man habe ja seine Daten, er würde auch nicht zum Kreis der Verdächtigen gezählt und stünde durch seine Abreise schon nicht mehr im Fokus dieser Drogen-Leute!

Eine illegale Entscheidung…

Am Abend dieses Tages trafen Pierre und Harry einander in dessen winterfestem Häuschen an der Alten Donau. Harry hatte Pierre empfohlen, nur öffentliche Verkehrsmittel zu benützen und unauffällig darauf zu achten, ob ihn jemand verfolgen würde. Pierre hatte sich wirklich bemüht: er hatte sich verhalten, wie der von Verbrechern verfolgte Held in einem Kriminalfilm! Er hatte einige Male die U-Bahn gewechselt, war in einigen Durchhäusern verschwunden und hatte immer gewartet, ob ihn jemand verfolgte! Danach hatte er ein Taxi genommen, war vier Gassen von Harrys Adresse entfernt ausgestiegen und den Rest zu Fuß gegangen!

Das gefiel Harry, aber irgendwie war der schon froh, würde Pierre wieder in Kanada sein! Sie saßen bei einem schönen Glas vollmundigen, tschechischen Biers im Wohnzimmer und Harry brachte Dr. Regners gutgemeinte Empfehlung bezüglich Pierres ehestmöglicher Abreise vor. Dieser verstand sofort, nickte zustimmend, überlegte noch einige Sekunden und meinte plötzlich:

„Harry, auch ich habe meinen sofortigen Rückflug schon im Kopf! Aber…ich hoffe, du kriegst das jetzt nicht in die falsche Kehle…ich muss trotz allem unbedingt einen Besuch in der Schopenhauerstraße machen!"

Harry war doch einigermaßen verwundert und meinte:

„Also, Pierre, um die Blumen kann es ja wirklich nicht gehen, oder? Und den Blutfleck, den kannst du vergessen, denn den Teppich wirst du doch sicherlich wegschmeißen, oder? Und außerdem bin ich sicher, dass die Wohnung behördlich versiegelt wurde!"

„Weder das Eine noch das Andere, Harry!" klärte Pierre ihn auf „Ich muss nur etwas aus der Wohnung holen, das uns in dieser Mordsache vielleicht weiterhilft! Wie denkst du, können wir das bewerkstelligen?"

„Die einzig interessante Frage ist, ob wir das Siegel einfach aufbrechen oder ob wir Dr. Regner über unseren Besuch informieren sollen?" meinte Harry.

„Lass uns bitte gleich jetzt hinüberfahren, ok?" meinte Pierre mit drängendem Unterton in der Stimme „Wir werden uns anschleichen wie die Indianer und ebenso unbemerkt wieder abhauen, ok?"

Einerseits wollte Harry Pierres Wunsch ehestmöglich nachkommen, andererseits müssten sie korrekterweise Dr. Regners Genehmigung zur Öffnung der Wohnung einholen und dadurch wieder mindestens ein, zwei Tage verlieren! Harry meinte, das Risiko eingehen zu können und sie brachen auf. So wie Pierre zu Harry gekommen war, ebenso kompliziert schlängelten sie sich durch die Stadt hinaus in die Schopenhauerstraße! Auf dem Weg dahin begann Pierre plötzlich zu erzählen:

Das Geheimfach

Pierre und sein Lebensgefährte Günther waren eines Abend, schon kräftig angeheitert, nach Hause gekommen. Pierre hatte die Wohnungstüre aufgesperrt und Günther in übertrieben höflicher Weise den Vortritt gelassen. Dieser taumelte in den Vorraum, stolperte und stürzte ungebremst gegen die an der rechten Wand stehende Trumeau-Kommode! In letzter Sekunde riss Günther seine Arme hoch, um nicht mit dem Kopf an die Kante der schweren Marmorplatte des Trumeaus zu fallen! Der Rettungsversuch gelang, Günther konnte sich gerade noch mit beiden Händen an der Platte abfangen! Durch die Wucht des Falles jedoch verschob er die Platte, die unbefestigt auf dem Möbel aufgesetzt lag, um gleich zehn bis fünfzehn Zentimeter! Im ersten Schock brachte keiner der beiden ein Wort heraus, als sie jedoch gleich darauf erkannten, dass nichts passiert war, begannen beide in ihrem lockeren Zustand zu kichern und lehnten sich luftholend über das Trumeau! Plötzlich stockte Pierre und starrte auf den hinteren Teil des Trumeaus:

„Pfui! Pfui!" sagte er lallend „Mein lieber Freund, da muss aber sofort anständig geputzt werden! Was ist denn das für ein gewaltiger Lurch hier?"

Dabei fuhr er mit den Fingern seiner rechten Hand über die hintere Kante der Marmorplatte, hob die Hand hoch und betrachtete mit unsicherem Blick den Schmutz auf den Fingerkuppen.

„Komm, lieber Freund," meinte er bestimmt „ziehen wir die Platte noch ein Stück nach vorne, damit ich besser zum Putzen komme!"

Die beiden beschwipsten Männer packten die schwere Platte nun links und rechts an und zogen sie noch ca. zehn Zentimeter nach vor. Plötzlich hielt Günther inne und meinte grinsend, indem er auf die nun frei gewordene Holzplatte deutete:

„Ey, ey, ey, Pierre! Siehst du, was ich sehe?"

Pierre beugte sich nun ebenfalls vor und beide betrachteten die zum Vorschein gekommene Vertiefung von zirka 25x20x10 Zentimetern! Das war klar erkennbar ein Geheimfach! Beide standen nun in ihrem leicht angeheiterten Zustand einige Zeit vor dem Fach und überlegten, soweit sie zu klarem Denken fähig waren, bis Günther konstatierte:

„Dieses, mein Freund, ist ein Geheimfach, welches die Damen des vorigen Jahrhunderts dazu benützten, um die schwülstigen Liebesbriefe ihrer Verehrer vor ihren eifersüchtigen Ehemännern zu verstecken!"

Er rülpste dazu als Bestätigung und stand aufrecht und wankend vor ihrer beider Entdeckung! Pierre konnte man ansehen, dass er angestrengt nachdachte!

„Hör mal, mein Freund," meinte er sinnierend „Wenn hier eine Vertiefung ist, dann dürfte man doch die oberste Lade doch nicht bis an die Rückwand schieben können, oder?"

Wieder stieß Günther auf, runzelte die Stirn und nickte bestätigend:

„Genial durchdacht, Meister der Technik!" rief er leise „Das untersuchen wir aber sofort, ja? Weg mit dir!"

Er schob seinen Freund beiseite und zog vorsichtig an der obersten Schublade. Wie das bei altem Möbel immer wieder vorkommt, klemmte die Lade beim Herausziehen einmal links, dann wieder rechts und es bedurfte einiger Geduld, bis erkennbar war, dass die Lade um gute 20 Zentimeter kürzer war, als die Tiefe des Trumeaus! Nun zogen sie auch die zweite Lade heraus, diese allerdings hatte die richtige Tiefe. Als sie sich dann an die dritte, unterste Lade machten, fiel diese unerwartet rasch aus den Führungen: sie war um mindestens 30 Zentimeter weniger tief als die Kommode! Dahinter, also zwischen Laden- und Kommoden-Rückwand verbarg sich ein geheimer Stauraum!

„Hier, mein lieber Freund," bestätigte Günther mit ernstem, belehrendem und leicht lallendem Ton: „wirst du deine unbekannten Reichtümer verbergen, sollte man dir eines Tages an den schnöden Mammon wollen!"

Danach rückten beide die schwere Platte wieder in die ursprüngliche Position und gingen schlafen...

Besuch am Tatort

Harry und Pierre waren in der Schopenhauerstraße angekommen. Harry sperrte die erste Gittertüre auf, sie schlossen sie gleich wieder hinter sich und warteten im Stiegenhaus hinter einem Mauervorsprung. Niemand kam ihnen nach und sie fuhren hinauf in den 3. Stock. Dort sahen sie das Polizei-Siegel. Es war Fernseh-Zeit, dunkel und niemand kümmerte sich um sie! Nun streiften beide die mitgebrachten Kunststoffhandschuhe über und Harry schnitt mit einem mitgebrachten Teppich-Messer das Siegel durch. Dann sperrte er auf und schon schlossen sie die Türe hinter sich!

„Kein Licht, bitte!" flüsterte Pierre, aber es war durch die Straßenbeleuchtung sowieso noch genügend hell in den Räumlichkeiten. Gleich im Vorraum blieb Pierre vor der Trumeau-Kommode stehen, packte die schwere Marmorplatte links und rechts an den Breitseiten und zog vorsichtig daran. Die Platte gab sofort nach und Pierre zog sie ca. 30 cm zu sich her. Nun konnte Harry trotz des schlechten Lichts sehen, dass sich in dem Geheim-Fach ein Paket befand. Pierre griff hinein und holte ein ca. 20 x 15 cm großes und etwa 8 cm dickes, in Luftpolster-Folie gewickeltes Paket heraus. Jetzt schob er die Marmorplatte wieder in die Ur-Position zurück, reichte Harry das Paket und…das glaubte dieser jetzt aber wirklich nicht: Pierre ging rasch zu allen seinen Lieblingen und prüfte mit dem Finger, ob die Erden auch noch feucht wären! Danach verließen sie die Wohnung, nahmen erst in einiger Entfernung ein Taxi und fuhren in die Nähe von Harrys Wohnung. Den

Rest gingen sie zu Fuß und achteten aufmerksam, ob sich nicht jemand für sie interessierte! Als sie vor Harrys Haus standen, fiel diesem auf, dass er noch immer das Päckchen aus Pierres Wohnung in Händen hielt! Im Flur hielt Harry es seinem Freund hin, aber der schüttelte den Kopf und meinte nur:

„Behalte es, Harry, pass gut auf, dass es niemandem Unbefugten in die Hände fällt!"

„Und wer, lieber Freund," fragte Harry leise „wäre nun solch ein…Unbefugter?"

„Hör mal, Harry, dein Pech ist, dass du mein bester Freund bist und ich nur dir und niemandem sonst vertrauen darf! Ich hatte vor einiger Zeit eine SMS von Günther erhalten, in dem er mir mitteilte, dass er, sollte ihm etwas zustoßen, für mich eine wichtige Nachricht in dem Geheimfach des Trumeaus deponieren würde! Da drinnen befände sich ein Tonbandgerät! Alles, was Günther und seine letzten Geschäfte betrifft, ist angeblich daraufgesprochen! Aber, wie du dir denken kannst, möchte ich ums Verrecken nicht wissen, was da aufgenommen wurde! Es interessiert mich keinen Deut, Harry! Aber bitte warte, bis ich wieder in Montreal ange- kommen bin, dann rufe ich dich an und du sollst dann die Nachricht abhören. Möglicherweise wird diese Nachricht auch hilfreich für Dr. Reg- ner und seine Ermittlungen sein können, ok?"

Er blickte seinen Freund ernst, bittend und durchdringend an. Harry war total verunsichert: so richtig verstand er seinen Freund jetzt nicht! Dieser selbst wollte nichts von dem Inhalt des Bandes wissen, aber sein bester Freund sollte sich schon in die Lage des Mitwissers begeben? Aber

Harry wollte jetzt keine Diskussion und behielt das Päckchen bei sich!

Schon am übernächsten Tag saß Pierre um 13 Uhr 10 in der Maschine, die ihn über Frankfurt nach Montreal bringen sollte. Erst am nächsten Abend rief er Harry an, teilte ihm seine Ankunft mit und meinte, er solle das Päckchen öffnen und exakt so handeln, wie es beschrieben stand!

Harry soll es wissen...

Es war 20 Uhr. Harry saß noch mindestens zwei Stunden auf der Sitzgarnitur im Wohnzimmer, hatte das unheimliche Päckchen vor sich auf dem Couch-Tisch liegen und überlegte, wie er sich verhalten würde, sollte ihm der Inhalt des Päckchens doch zur Belastung werden! Nun begann er, das Päckchen zu öffnen: er schnitt es mit der Büroschere vorsichtig an der Seite auf. Irgendwie befiel ihn ein Hauch von Abenteuer: das alles war doch sehr mysteriös! Nun griff Harry in das Kuvert hinein und zog vorsichtig ein Aufnahmegerät heraus. Dabei rutschte auch ein kleiner Sicherheitsschlüssel auf die Tischplatte. Auf den ersten Blick vermutete Harry, dass es sich um einen Schlüssel für ein Schließfach handeln dürfte!

Er machte eine kurze Pause und betrachtete sowohl das Gerät als auch den Schlüssel: in was hatte sein Freund ihn da wohl hineingeritten? Ominöse Tonbandaufnahmen mit Safe-Schlüsseln, die hatten noch nie etwas Gutes bedeutet! Harry stand auf, ging zur Bar und entnahm ihr eine Flasche vom feinen XO-Cognac. Den halbvoll gefüllten Schwenker stellte er neben sich auf das Abstelltischchen. Daraufhin legte er das Tonbandgerät neben sich auf die Sitz-Garnitur, lehnte sich zurück und drückte die Wiedergabe-Taste. Und schon hörte Harry eine dunkle, angenehm klingende männliche Stimme:

Geständnis aus dem Jenseits

An den Finder dieses Tonbandes!
Mein Name ist Günther Lichtsam. Dass die Leute vom Drogen-Dezernat mich schon längst auf ihrer Liste haben, ist mir hinlänglich bekannt. Sie hatten mich zwar schon x-mal angehalten und perlustriert, aber zu ihrem Leidwesen gar nichts bei mir gefunden! Dass ich schwul bin, wissen sie auch. Und ich bin froh, von meinen Geschäften ganz gut leben zu können! Was nämlich der Wahrheit entspricht: ich besorge ausschließlich erstklassige Ware. Und die um einen angemessenen Preis!
Vor längerer Zeit aber, vielleicht vor drei Monaten, waren aus dem Nichts heraus zwei Afghanen, nämlich zwei Brüder mit den Namen Ahmadi und Samim an den Rabbi, meinen väterlichen Freund, herangetreten und hatten ihm einen Riesen-Deal vorgeschlagen: er könne gegen Cash einige Kilogramm reinstes, teuerstes Kokain übernehmen! Und warum hatten diese Leute wohl ihn als Käufer und als Mittler ausgewählt? Mit einiger Sicherheit deshalb, da heutzutage jeder größere Dealer von den Fahndern Tag und Nacht, und das bis ins Schlafzimmer, observiert wird! Aber wer, bitte, kümmerte sich schon um den Rabbi? Oder gar um einen Günther Lichtsam, diesen kleinen, mickrigen schwulen Dealer? Aber diese Afghanen mussten einfach mehr über den Markt wissen: ich selbst beschäftige mich ausschließlich mit dem Verkauf von hochwertigem, reinstem Kokain an eine bestens betuchte Klientel! Vielleicht war das aus dem Markt herauszuhören! Das heißt, ich habe mit

meinem System wesentlich weniger Arbeit! Und dies bei einem Spitzen-Verdienst! Also stellte der Rabbi als mein alter Freund ohne lange zu überlegen die Verbindung zwischen den Afghanen und mir her.

Wir hatten uns in einem Café in der Innenstadt getroffen und wie folgt vereinbart: zuerst musste es einmal eine Qualitätsprüfung geben! Wir sollten einander in der Halle des Hauptbahnhofes in einem bekannten Café treffen. Natürlich fand ich mich, wie es üblich ist, bereits eine Stunde vor der vereinbarten Zeit in der Halle ein und spazierte unauffällig umher. Plötzlich sah ich einen der beiden Afghanen, als er sich eben zu den Schließfächern begab! Ich folgte ihm unbemerkt und konnte sehen, dass er ein Schließfach öffnete, eine mittelschwere Tasche heraushob und ihr ein kleines Päckchen entnahm. Als er die Tasche wieder verstaut und das Fach verschlossen hatte, ging er hinüber zu dem vereinbarten Treffpunkt. Ich begab mich noch kurz zu den Fächern und merkte mir die Nummer des Schließfaches. Sodann saßen wir beide uns im Café gegenüber. Nachdem wir unsere kleinen Espressi bestellt und auch erhalten hatten, griff der Mann in seine Jackentasche, förderte ein kleines Briefchen aus hellgrauem Packpapier hervor und schob es mir, unter einer Packung Zigaretten versteckt, über den Tisch! Ich sah ihn an und sagte:

„Wir sehen uns heute Abend hier um 19 Uhr, ok?"

Ich nahm das Päckchen an mich, trank meinen Kaffee mit einem Schluck aus, erhob mich und verließ den Bahnhof. Zu Hause prüfte ich die

104

Qualität und das war, wie ich schon in Rabbis Wohnung feststellen durfte, wirklich erstklassige Ware! Dass man daraus sehr wohl ein kleines Vermögen machen konnte, war jetzt garantiert! Die Gier war in mir erwacht und ich begann, die Angelegenheit konzentriert durchzudenken: wie sah unser Markt denn zurzeit aus?

Da ist einmal Sven Greggson, der Häuptling, einer der ganz, ganz Großen in der Branche! Für ihn wären ein paar Hunderttausend gerade einmal so viel wie für mich ein läppischer Hunderter! Sven sieht auf den ersten Blick aus wie ein eben vom Schiff gesprungener Matrose eines Fischkutters! Er ist von mittlerer Statur, hat blonde, hinten zu einem Zopf gebundene Haare und besieht sich die Welt mit seinen wasserblauen Augen. Alles an ihm ist nordisch: die Augenbrauen, der Schnurrbart, die Behaarung seiner Arme, alles ist blond! Über seinem schmallippigen Mund sitzt eine große Hakennase und das stark vorspringende Kinn gibt seinem Gesicht einen energischen, aber auch brutalen Ausdruck. Sven hatte auch immer schon auf Schiffen gearbeitet und war schon weit in der Welt herumgekommen! In Rotterdam hatte ihn eines Tages ein Däne angesprochen und ihm ein kleines, aber einträgliches Drogengeschäft vorgeschlagen. Die Heuer, von der Sven leben musste, war ja nicht gerade erbauend, aber da er ja die meiste Zeit seines Lebens auf dem Schiff zubrachte, gab es eigentlich nur eine Möglichkeit, sein Geld auszugeben und das waren Saufgelage und Weibergeschichten in allen Hafenkneipen der Welt!

Dieses in Rotterdam angezettelte Drogenge-schäft funktionierte problemlos, Sven stand plötzlich da mit einem Batzen Geld und seine Lust auf die Weiterfahrt auf seinem Schiff minimierte sich drastisch! So verließ der Kutter Rotterdam ohne Sven Greggson, er selbst zog in der Stadt sein Drogengeschäft auf und alles lief bestens! Dass ihn dann doch eines Tages die Drogen-fahndung erwischte, war abzusehen und Sven wurde die Wahl gelassen zwischen zwei Jahren Gefängnis oder sofortiger Ausreise aus Holland ohne Wiederkehr! Sven entschied sich natürlich für die zweite Lösung, nahm all sein Geld und reiste nach München. Dort allerdings gab es für sein Geschäft nicht den Funken einer Chance: die dortigen Drogenbosse ließen ihn umgehend wissen, dass er a) sich in einer anderen Branche zu beschäftigen hätte, oder b) sich aus München entfernen könne oder auch c) als lebloser Körper in einem Abwasserkanal aufgefunden werden könnte!

Sven war nicht dumm, brach seine Münchner Zelte ab und zog nach Wien. Mit seiner einerseits bauernschlauen, andererseits aber auch brutalen Art schaffte er es relativ rasch, sich einen schönen Anteil am Drogengeschäft zu sichern, dies nicht zuletzt durch die Hilfe des Rabbi! Und so lief das höchst einträgliche Stoff-Geschäft zu etwa 50% nach seinen Regeln, alles mit dem Wissen von Rabbi, nach dessen wohldurchdach-ten Ratschlägen sich interessanterweise der große Sven richtete!

Aber Sven ist auch als höchst brutal und gefährlich verschrien: wittert er ein gutes Ge-schäft, gibt es für ihn praktisch keinen Partner *dabei! Er lässt alles anlaufen, zuletzt jedoch bleibt immer nur er als großer Gewinner über!*

Dann ist da noch Nero. Niemand kennt seinen Nachnamen, er ist ein eher unscheinbarer, schmächtiger Typ und stammt angeblich aus Armenien. Er hatte dort im Zuge eines von seinem Vater befohlenen Rachefeldzuges eine komplette fünfköpfige Familie ausgerottet, sich sofort danach in den Zug gesetzt und war über Belgrad und Budapest nach Wien gekommen. Hier wurde er von einigen Landsleuten für die erste harte Zeit aufgenommen und unterstützt. Nero lernte dann langsam die wichtigen bzw. entscheidenden Details aus dem Drogengeschäft. Mit seinem armenischen Geschäftssinn arbeitete er sich hinauf bis zur Spitze, behauptete seinen Markt und schloss mit dem bereits hier tätigen Sven ein Friedensabkommen, welches bis heute hält!

Alles, was er tut oder unternimmt, läuft über Strohmänner! Und man darf ihn nicht unterschätzen! Nero ist ebenso gefährlich wie sein Kollege Sven, allerdings pflegt er eine weitaus feinere Klinge zu führen: sehr wohl darf man mit ihm Geschäfte machen, aber Nero ist schrecklich misstrauisch und dadurch benötigt er immer relativ lange für eine Entscheidung. Und deshalb geht ihm immer wieder das eine oder andere gute Geschäft durch die Lappen!

Tja, und dann gibt es noch den Juden, allgemein als der Rabbi bekannt! Er hat Geld, soviel Geld, dass er es nur mehr verborgen kann! Allerdings mit monatlich 10% Zinsen! Monatlich! Und wenn ein Schuldner zu säumig wird, dann ruft der Rabbi seinen Freund Nero an. Und dessen

Fachleute bringen das dann in 90% der Fälle in Ordnung. Gegen einen saftigen Obolus, versteht sich.

Ich kenne den Rabbi ganz gut: er ist nicht nur ein für viele Menschen widerlicher Wucherer, hinter dieser emotionslosen, monetären Kreditgeber-Fassade kann man einen ruhigen, welterfahrenen und äußerst angenehmen Gesprächspartner finden! Immer wieder half er mir mit ein paar tausend Euro aus, wenn ich ein gutes Geschäft an Land ziehen konnte. Und nicht einen einzigen Cent war ich ihm je schuldig geblieben! Der Rabbi schätzt mich, das lässt er mich wissen: nicht nur einmal lud er mich, wenn ich an seinem Laden vorbei ging und er nach jüdischem Brauch vor der Türe stand, zu sich herein auf einen Espresso oder ein Glas Tee. Und so erfuhr ich auch nach und nach Einzelheiten über den Markt, die mir bislang fremd gewesen waren: woher dieser Sven eigentlich stammt, welche Leute er schon - mit Sicherheit - umgebracht hat oder hatte umbringen lassen, oder woher er in der Hauptsache seinen Stoff bezieht! Über Nero erfuhr ich, dass er wegen einer tödlichen Familienfehde in seiner Heimat Armenien ins Ausland flüchten musste.

Und ich durfte auch einiges über des Rabbis Lebensweg hören: seine gesamte Familie, also auch die Großeltern, kam nach dem Krieg aus Russland nach Österreich. Sie alle waren mit großem Glück den Greueln des Krieges entkommen. Großvater und Vater eröffneten mit Hilfe von staatlichen Steuererleichterungen ein Groß-handelsunternehmen in der Lebensmittelbranche und wurden zu Millionären. Allzulange jedo konnten sie sich des erarbeiteten Reichtums nicht erfreuen: eines Tage beschloss man, dass die ganze Familie, insgesamt acht Personen, doch einmal ausgiebig Urlaub machen sollte! Und dies nicht an irgendeinem Massen-Strand in Norditalien, sondern in einem Luxushotel an der Côte Azur! Einen Tag vor Abflug erkrankte der junge Rabbi schwer an Masern und konnte natürlich nicht mitfliegen! Er wurde der Fürsorge einer entfernten Tante übergeben und die Familie flog ohne den Buben ab. Am dritten Tag ihres Aufenthaltes hatte die Familie über ein dortiges Reisebüro einen Zwei-Tages-Trip in die Berge nach Grenoble gebucht. Für die Übernachtung der gesamten Familie war ein komfortables Holzhaus in der Nähe von Grenoble reserviert. Niemand konnte später genau sagen, was wirklich Schuld an dem nächtlichen Brand gewesen war: rasend schnell hatte sich das Feuer verbreitet und es gab keine Überlebenden. Den Nachlass regelte ein der Familie befreundeter Notar. Rabbi als Haupterbe verkaufte dann das Unternehmen um eine Riesensumme an einen Lebensmittelkonzern und widmete sich fortan dem Studium der Geisteswissenschaften. Nicht allzu lange blieb er dabei, das Geld auf seinem Konto wurde nicht weniger und irgendjemand riet ihm, sein Geld doch arbeiten zu lassen! Der Rabbi hatte schon als junger Mann ein Faible für Armbrust-Waffen! Also mietete er im 2. Wiener Gemeindebezirk ein kleines Lokal, an dem über der Eingangstüre ein Schild angebracht wurde mit der Aufschrift:

ARMBRÜSTE - NEU UND GEBRAUCHT

Der Rabbi hatte natürlich nicht unbedingt nur Interesse am Verkauf von Armbrüsten und mit der Zeit hatte sich auch herumgesprochen, dass dieses Armbrustgeschäft nichts anderes war als ein Alibi-Laden, um irgend ein Gewerbe zu rechtfertigen! Da diesem Lokal ein uneinsichtbarer Hinterhof angeschlossen war, hatte Rabbi sich dort einen Schieß-Kanal errichten lassen. Dort trainierte er mit verschiedensten Armbrust-Waffen und entwickelte so eine unglaubliche Perfektion in punkto Treffsicherheit! Das war Rabbis Hobby, ganz gut leben aber konnte er durch das Verleihen von Geld! Und der Zufall wollte es, dass sein erster größerer Kunde ein gewisser Sven Greggson war: der Rabbi half ihm in unkomplizierter Art und Weise aus und Sven vergaß ihm das nicht! Jahr für Jahr vergrößerte sich Rabbis Kundenstock und mit der Zeit gab es niemanden, der über die Suchtgift-Branche so viel wusste, wie der Rabbi!

Da saß ich nun mit meiner erstklassigen Probe Kokain! Schon am selben Abend betrat ich das praktisch Tag und Nacht geöffnete Geschäft des Rabbi. Es war gegen 20 Uhr und ich stand in dem nur schwach erleuchteten, ca. 4 x 4 Meter großen Vorraum. In diesem gab es außer einem bereits kräftig abgenutzten Verkaufspult nicht ein einziges Möbelstück. An der rechten, mit einer hässlichen Südsee-Tapete beklebten Wand war ein mannshoher, schmaler Wandspiegel montiert.

Der Boden war mit völlig abgetretenem, graubraunem Linoleum belegt, was eben nicht gerade einladend aussah! Da bei meinem Eintreten im hinteren Teil des Geschäftes eine Klingel zu hören war, wartete ich geduldig und nach einer halben Minute erschien der Rabbi. Er war von stattlicher Größe, vielleicht so um die 1,90 Meter und sein Leibesumfang konnte sich sehen lassen! Für sein Gewicht bewegte er sich auffallend wendig, er reichte mir die Hand und sein kräftiger Händedruck vermittelte einem wie immer Seriosität und Entschlossenheit! Der Rabbi hatte eine Stirnglatze mit seitlich weiß-grauem Haar. Seine dunklen Augen, sein immer beherrschtes Wesen und ein ewiges Lächeln um den schmalen Mund strahlten Ruhe und Disziplin aus. Er bat mich nach hinten in sein Büro. Auch hier zeigte der Jude, dass ihm an vernünftigen Geldgeschäften wesentlich mehr lag als an protziger Einrichtung: in der Mitte des ca. 25 m2 großen quadratischen Raumes mit düster-dunklen Tapeten gab es einen rechteckigen Tisch mit sechs gepolsterten Stühlen. Links an der Wand eine Glas-Vitrine, gegenüber ein Chippendale-Sofa und dann war auch schon Schluss mit Möblierung! Wir nahmen am Tisch Platz. Der Rabbi saß mir gegenüber, hatte seine Arme auf dem Tisch aufgestützt und meinte:

„Mein lieber Günther! Wir kennen einander doch schon bald fünfzehn Jahre, oder? Du hattest zwar nie große Summen von mir gebraucht, aber trotzdem weiß ich eigentlich alles über dich! Hauptsache, du kannst mit deinen Geschäften gut durchkommen, das hoffe ich doch?" Ich lächelte kurz, bestätigte seine Frage mit einem Kopfnicken und der Rabbi fuhr fort: „Konntest du mit den beiden Afghanen klarkommen? Und die Qualität, die hast du nochmals richtig geprüft?"

„Natürlich, Rabbi, soweit solltest du mich doch kennen! Dieser Stoff, den sie mir anbieten, ist

111

eine verdammt teure, aber hier in Wien noch nicht angebotene Traumware!"

Der Rabbi war kein Neuling in der Branche, es gab praktisch nichts, das er noch nicht finanziert hatte!

„Wenn du sagst, Günther, eine schöne Ladung, dann wären das wieviel genau?"

„15 kg, Rabbi!"

Der zog scharf die Luft durch die Nase ein, zog zweifelnd die Augenbrauen zusammen und sah mich einige Sekunden prüfend an:

„Hey, Günther!" fragte er leise „Möchtest du vielleicht bald sterben? Wenn der Deal publik wird, ouhouhouh, mein Freund! Sag, wie kommen diese Leute eigentlich auf mich? Ich hab das Ganze bereits hundert Mal durchgedacht, aber ich komme auf keinen grünen Zweig dabei: wenn jemand 15 kg besten Stoff anbieten kann, geht er da nicht zuerst einmal zu Leuten, die das finanzieren können? Ich meine, 150 kg, Günther, das sind nunmal 150.000 Gramm feinste Ware, zu einem Marktpreis von, sagen wir einmal 120 Euro? Das wäre ein Umsatz von...ojojoj...! Sag, wären da nicht doch Sven oder Nero die ersten Anlaufstationen, oder?"

Ich zuckte mit den Schultern, meine Hände machten eine unwissende Geste und ich versuchte, Rabbi die Sache zu erklären:

„Rabbi, hör zu: wie die Afghanen denken, kann mich eigentlich nicht sehr interessieren, oder? Aber ich habe jetzt 15 kg beste Ware zur Verfügung, geprüft und sofort beziehbar! Dafür soll ich den Burschen 300 Tausend Euronen hinblättern!"

Der Rabbi zuckte nicht mit einer Wimper! Im Gegenteil, seine Augenbrauen hoben sich interessiert und seine Augen bekamen einen ganz eigenartigen Glanz! Das war endlich ein ordentliches Geschäft und nicht eines dieser 5, 10 oder 15 Tausender-Kredite! Hier konnte er in zwei Monaten locker sechzigtausend herausholen! Er winkte herablassend mit dem Arm:

„Also, wenn ich in dieser Angelegenheit meinem alten Kumpel Günther helfen kann, dann werde ich das auch tun, ok? Aber," fuhr er fort „wie lange brauchst du, um so viel Stoff abzusetzen, dass du mir diese 300 zurückzahlen wirst können?"

Ich musste nicht lange überlegen: das hatte ich bis ins kleinste Detail durchgerechnet! Ich stützte meine Ellenbogen vor mir auf, legte die Fingerspitzen aneinander und meinte:

„Nun ja, zirka acht Wochen, Rabbi, also geschätzte zwei Monate!"

Der Rabbi war kein Mann des langen Herumredens:

„Das heißt, Günther, ich kriege von dir nach 8 Wochen geschlagene 360 Tausend?"

Ich lächelte und sah ihm direkt in die Augen! Er wiederum sah mich so unschuldig an wie ein Knabe der ersten Schulstufe!

„Also, lieber Rabbi," begann ich „welche Geschäfte machst du so im Schnitt, he? Dass du für deine 10% monatlich bekannt bist, das weißt du ja selbst am besten! Da kreditierst du hier fünf, dort vielleicht fünfzehn oder da noch einmal fünfzehn Riesen und das bringt dir so in etwa eintausend bis dreitausendfünfhundert cash auf die Kralle, oder?"

113

Er wusste genau, was jetzt kommen musste: er saß da und wartete auf den ersten Angriff! Einen solchen Fuchs, der er war, den musste man erst einmal aus der Reserve zu holen wissen!

„Wir machen hier einen Deal, durch den du knallige 60.000 Euros einfahren möchtest, Rabbi! Hey! 60.000! Innerhalb von zwei Monaten, Rabbi! Ich frage mich jetzt, ob du bei unserem Geschäft nicht auch mit, sagen wir einmal, 45.000 Euro auskommen könntest?"

Der Glanz aus seinen Augen war urplötzlich verschwunden, er legte den Kopf schief und starrte mich ausdruckslos an. Ich wusste, das war jetzt eine höchst gefährliche Phase! Ich war auf das Höchste, auf das Liebste, auf sein Heiligstes losgegangen, nämlich auf den Gewinn des Juden! Meine Gedanken stolperten hin und her: ob ich da nicht etwas zu weit gegangen war? Aber ich blieb ruhig sitzen und wartete. Der Rabbi sagte kein Wort und ich meinte, jetzt noch eine Kleinigkeit anhängen zu müssen:

„Gar nichts weiß ich über diese Leute, Rabbi, aber wenn die so locker 15 kg vom Feinsten bereitstellen können, dann werden die später auch mehr anbieten können! Das solltest du vielleicht noch in deine Überlegungen miteinbeziehen, ja?"

Wieder vergingen einige Sekunden und wir saßen da wie zwei Hunde, die sich noch beriechen mussten, ehe sie in echten Kontakt kamen! Jetzt blickte der Rabbi auf, sah mir einige Sekunden tief in die Augen und meinte:

„350 Tausend krieg ich, Günther, der Deal ist ok!"

Er reichte mir seine Hand über den Tisch, die ich sofort ergriff und dieser Händedruck besiegelte *das Geschäft: ohne Papiere, ohne Garantie, ohne Unterschrift!*

„Wann brauchst du das Geld?"

„Rabbi, ich komme wieder, wenn ich alle Details der Übergabe kenne! Und ab diesem Riesen-Deal heißt es: wir telefonieren nie, ok?"

Wir waren im Vorraum angekommen und der Rabbi bat noch:

„Aber sag mir bitte rechtzeitig Bescheid, Günther: ich möchte so viel Geld nicht längere Zeit hier herumliegen haben, ja?"

Ich nickte und wollte den Laden verlassen, da hielt er mich plötzlich am Arm zurück. Ich drehte mich erstaunt zu ihm um und er meinte leise:

„Günther, wie lange, denkst du, wird Sven brauchen, um herauszufinden, dass du mit solch einer Menge Koks auf dem Markt herumfuhrwerkst und damit seine Geschäfte störst?"

Ich klopfte ihm beruhigend auf die Hand und entgegnete:

„Rabbi, du weißt doch: Svens Kundenkreis ist ein vollkommen anderer als meiner: er mit seinem bis zum Gehtnichtmehr gestreckten Zeug bedient die Straße, ich mit meinem High-Quality-Stoff nur eine ganz spezielle Klientel, die er ja nicht einmal kennt!"

Er sah mir einige Sekunden gerade in die Augen, dann ließ er mich los und ich ging. Dieser letzte Blick des Rabbi verfolgte mich, bis ich zu Hause angelangt war. Eine große Traurigkeit hatte darin gelegen, vielleicht sogar Mitleid? Ich wusste genau, mit wem ich mich mit diesem Riesen-Deal einließ: erstens mit mir vollkommen unbekannten Afghanen und irgendwann dann wahrscheinlich

*noch mit dem Zampano von Wiens Drogen-Szene,
mit Sven Greggson!*

Mit den beiden Afghanen vereinbarte ich, dass
wir einander in Pierres Wohnung treffen und sie
die Ware dorthin mitbringen sollten. Nun brauchte ich noch eine Leibgarde:, wer konnte wissen,
was die beiden anlässlich der Übergabe des
Stoffes noch eingeplant hatten! Sofort dachte ich
an Dragan, einen zwei Meter großen, schweigsa-
men und durchtrainierten Serben. Der Bursche
wurde immer wieder für Begleitdienste engagiert
und war in der Branche als äußerst zuverlässig
bekannt. Nur ein einziges Mal hatte er während
einer Übergabe eingreifen müssen: es wird kol-
portiert, dass drei plötzlich auftauchende Schlä-
ger den Dealer, der ein ganzes Kilogramm
Heroin zwar bestellt hatte, dieses jedoch keines-
wegs bezahlen wollte, bei dem Betrug unter-
stützen wollten. Sergej hatte die drei sowie den
Betrüger derart verprügelt, dass sie wochenlang
im Spital bleiben mussten und danach nie wieder
in Wien gesehen wurden...

Bis zum Mittag des nächsten Tages hatte ich sowohl den genauen Abholtermin für das Geld, den
Übergabe-Termin in Pierres Wohnung sowie die
rechtzeitige Ankunft von Dragan dortselbst organisiert. Die Nacht vor dem Geschäftsabschluss
war schrecklich gewesen! Ich meinte, vielleicht
maximal drei Stunden wirklich geschlafen zu
haben: pausenlos gingen mir virtuelle Schre-
ckens-Szenen durch den Kopf: der Stoff war nicht
der vereinbarte, es gab plötzlich überhaupt kein
Kokain, ich bekam neun Kugeln in die Brust,
Pierre war plötzlich mit einem Messer in der

Brust aufgetaucht und lief schreckerfüllt und blutüberströmt davon, etc., etc.!
Schweißgebadet war ich um sieben aufgewacht, hatte geduscht und war ohne zu frühstücken mit den Öffentlichen zum Rabbi gefahren. Er hatte das Geld in einer hell-braunen Sporttasche aus Nappa-Leder bereit und meinte trocken, als ich sie an mich nahm:
„Ist eine sehr schöne Tasche, Günther! Bring sie mir bitte einfach wieder, ok?"

Harry betätigte die Pausen-Taste des Gerätes und lehnte sich wieder weit nach hinten: die Spannung des Reportes von Günther Lichtsam hatte ihn unwillkürlich in eine Hörposition nach vorne beugen lassen! Ein großer Schluck vom XO und einige tiefe Atemzüge beruhigten ihn einigermaßen, sodass er in der Lage war, die ganze Lichtsam-Story nochmals und im Detail durchzudenken! Das war ja unglaublich! Dieser Günther Lichtsam hatte doch glatt die Wohnung seines Freundes Pierre in einen Drogen-Handelsplatz verwandelt! Eine Weile saß Harry da und dachte nur an Pierre und seine vollkommene Unschuld in dieser Sache! Nach einem weiteren kräftigen Schluck konzentrierte er sich wieder und drückte die PLAY-Taste:

Nachdem ich die ersten Lieferungen mit dem neuen Stoff durchgezogen hatte, gab es plötzlich ein völlig überraschendes Interesse für meinen Koks: diese Super-Qualität hatte sich entgegen meiner Annahme in Windeseile herumgesprochen! Zum besseren Verständnis soll hier erwähnt werden, wie solch ein Geschäft funktio-

niert: gute, zahlungskräftige Kunden aus Wirtschaft, Kultur, Millionärs-Kreisen, etc. wollen und brauchen diesen Stoff, um am Wochenende total high sein und somit ihren Alltag vergessen zu können. Am darauffolgenden Montag allerdings müssen sie wieder in Top-Form ihren Aufgaben nachkommen, was sie mit schlechter Stoff-Qualität nie schaffen könnten! Also, je reiner das Kokain ist, desto besser wird es vertragen und desto reiner ist auch einen Tag später der Kopf! So kam es, dass ich unversehens, allerdings ausschließlich auf Empfehlung, von Kunden aus dem gesamten Bundesgebiet kontaktiert wurde! Ich verschickte mein Kokain in Warenproben-Taschen nach Innsbruck, nach Salzburg, Villach und sonst wohin! Bezahlt wurde verlässlich durch unverdächtige Mittelsmänner, die ich niemals in Lokalen, sondern ausschließlich im Wiener Prater in einem der Waggons des berühmten Wiener Riesenrades zur Geldübergabe traf! Pünktlich bezahlte ich dem Rabbi den vereinbarten Betrag und als wir dabei wieder bei ihm im Wohnzimmer saßen, meinte er:

„Günther, das gefällt mir zwar, wie du das alles sauber abwickelst! Ich fürchte jedoch, dass da noch mehr auf uns zukommt, oder?"

Das wusste ich genauso gut wie er: mein Vorrat an Stoff ging zur Neige und ich bekam Angst, keinen ordentlichen Nachschub zu bekommen! Immer mehr neue Kunden meldeten sich und mein Lagerbestand belief sich auf nur mehr 2,5 kg! Damit könnte ich noch maximal zwei Wochen durchhalten!

So, als hätten die Afghanen alles mitbekommen, riefen sie an, wir trafen uns und ich bekam nun ein Angebot auf sage und schreibe 50 kg! Das war mehr als drei Mal so viel als die erste Lieferung und die Leute bestanden auf ihren 20.000 Euro pro Kilo! Somit musste ich, um an diese Ware zu kommen, 1.000.000 Euro aufstellen! Natürlich sagte ich zu, alles sollte so ablaufen, wie bisher und die Leute würden sich nach drei Tagen bei mir melden!

Der Rabbiner hatte recht gehabt: es war exakt so gekommen, wie er vorausgesagt hatte! Nachdem ich ihm die erforderliche Summe genannt hatte, blickte er mich über den Tisch prüfend an und sagte mit rauer Stimme:

„Nicht die Summe ist es, Günther, die mir Probleme bereitet! Dein Markt, der immer größer und potenter wird, bleibt sicherlich nicht geheim! Nichts bleibt geheim in diesem Geschäft und wenn bei deinen Kollegen - und du weißt, von wem ich da eben spreche - die Gier erwacht, dann..." er machte eine Pause, wiegte mit zweifelnder Miene ein paar Mal seinen Kopf und fuhr fort „...tja, dann, Günther, wirst du teilen müssen, ob du willst oder nicht!"

„Hör zu, mein lieber Rabbi," entgegnete ich ihm „wenn es nicht anders kommen kann, dann eben nur so! Ich denke, die Afghanen werden mich noch einmal, und wahrscheinlich mit einer noch größeren Menge, beglücken! Und nachdem ich den letzten Block abgestoßen habe, dann, Rabbi, habe ich meinen Teil schon verdient! Und es wird mir egal sein, ob ich mit Sven, mit Nero oder mit sonst jemandem teilen muss! Wie denkst du darüber?"

„Gott soll geben, dass es sich so abspielen kann!" meinte er lächelnd „Also, Günther, nachdem ich dich kenne, weiß ich, dass keine Menschenseele von unserem Deal erfahren wird! Wie lange werde ich mich gedulden müssen, bis die Scheine plus Zinsen wieder bei mir sind?"

„Vier Monate, Rabbi!" antwortete ich, ohne nachzudenken: das hatte ich natürlich alles bis ins kleinste Detail berechnet! „Können wir uns auf 1,2 Millionen einigen?"

Das waren knallige 200.000 Euro für ihn! Natürlich versuchte er, zu handeln, was blieb einem Juden auch schon über?

„Das funktioniert nicht, Günther!" seierte er „Du bringst mich um, ist dir das klar? Ich muss doch das Geld ebenso aufstellen und hab entsprechende Kosten! Machen wir glatte...1,3, ok?

Er versuchte natürlich, den armen, erdrückten Geldgeber zu spielen und ich wusste, ich musste ihm jetzt, um rasch zu einem guten Ergebnis zu kommen, eine Kleinigkeit zugestehen!

„Also, okay, Rabbi! Einemillionzweihundertfünfzig, Rabbi!" schlug ich vor und hielt ihm die Hand hin. Beide hatten wir etwas nachgelassen und jetzt sollte es passen: gleich nahm er meine Hand und meinte traurig:

„Mist! Da hätte ich doch sicherlich noch den einen oder anderen Zehntausender herausschinden können, oder?"

Aber beide mussten wir lächeln, jeder hatte seinen Weg gefunden und ich verabschiedete mich.

Harry saß wie betäubt neben dem Tonbandgerät! Der Schwenker war leer, er stand auf, um nachzufüllen. Jetzt erst begann er langsam, sich Gedanken über diese Scheiß-Branche zu machen: das war doch bitte keine Rechtfertigung, dass

120

man mit teurem Stoff nach einem total gekifften Wochenende keine Nachwirkungen hatte? Dass man sich am Montag früh mit Kunden, Klienten, Agenten, etc., zusammensetzen konnte und niemandem fiel auf, dass man wiederum ein völlig ausgeflipptes Wochenende hinter sich hatte? Wie arm sind diese Menschen eigentlich? Sie können mit normaler Unterhaltung, wie mit Ausflügen, mit Städte-Trips, oder mit sportlicher Betätigung, u.v.m. schon kein Auslangen mehr finden? Harry schüttelte angewidert den Kopf, nahm einen kräftigen Schluck und schaltete das Tonband wieder ein:

Und wenn ich jetzt bekanntgebe, dass auch diese zweite, größere Lieferung wie geschmiert ablief, werden Sie denken: na, da kommt doch jetzt der nächste Hammer auf diesen Günther Lichtsam zu! Bingo! Bingo! Aber nicht meine Lieferanten machten Probleme: nein! Einen Tag, nachdem ich meinen Deal mit dem Rabbi ausgehandelt hatte, verließ ich mein Häuschen, um zwei potente Kunden zu treffen und mit ihnen eine neue Lieferung abzusprechen. Nach etwa fünfzig Metern sprach mich jemand von hinten an:
„Hey, Günther! Hast du kurz Zeit für mich?"
Natürlich hatte ich ihn an seiner Stimme erkannt: es war Sven, in Begleitung seines Leibwächters Sergej, der allgemein als Der Bull-Terrier bekannt war. Ich war stehengeblieben, hatte mich umgedreht und lächelte Sven offen an! Er kam aber nur bis auf einen Meter an mich heran, weil ich ihm durch einen Schritt zurück klar signalisierte, ihn nicht näher an mich heranzulassen! So standen wir uns nun gegenüber, beobachteten

einander, bis Sven seine bis in Schulterhöhe erhobenen Handflächen zeigte und in jovialem Ton meinte:

„Also, Günther, was ich da so höre, das ist doch höchst interessant: niemand verkauft zurzeit so viel reinsten Stoff wie du? Ich denke, du verstehst meine Frage: unser beider Geschäfte laufen doch gut und warum sollte wir einander dabei stören?"

„Ich wüsste nicht, Sven," entgegnete ich emotionslos „wie ich dich stören sollte? Willst du mir das erklären?"

„Nun ja," meinte er mit kryptischem Ton „es ist ja nicht so, dass mich dein Geschäft besonders interessiert, aber es ist..." und jetzt bekam seine Stimme einen wehleidigen Klang „...die Menge, Günther: die Menge von diesem angeblich brillanten Stoff! Wo hast du die eigentlich her?"

Natürlich! Der Rabbi hatte es doch gleich gewusst! Das war es, was Sven störte! Ich überlegte kurz und gab ihm bekannt:

„Hör mal, Sven: du machst dein Geschäft mit deinen Kunden und ich mache meines mit anderen Abnehmern. Meine Kunden würden nie im Leben solchen Stoff abnehmen, wie du ihn anbietest! Und deine Abnehmer könnten auch nie den Preis zahlen, den ich von meinen Kunden bekomme! Also stören wir uns eigentlich überhaupt nicht, oder?"

Jetzt stand er da und hatte keine Antwort parat! Sein Bull-Terrier stand schräg hinter ihm und glotzte wortlos und blöde in die Welt. In Svens Gesicht arbeitete es und ununterbrochen starrte er mich an! Ich wusste: er wollte mich tot sehen und mein Geschäft an sich reißen! Aber eines *wusste er auch: an meine Kunden konnte er nur sehr schwer herankommen: er würde mindestens ein bis zwei Jahre benötigen, um sie alle beliefern zu können! Sven dürfte sich zu einem Vorschlag durchgerungen haben und begann wiederholt schleimend:*

„Günther, wir kennen uns doch schon eine ganze Weile, oder? Bist du auch der Meinung, dass ich vielleicht doch eine Nummer zu groß für dich sein könnte? Aber..." beschwichtigte er sofort „...ich möchte keinen Streit, Günther! Ich mache dir einen Vorschlag, den du ganz genau überdenken solltest, ok?" Damit sah er mich durchdringend an und sprach weiter: „Ich weiß ja nicht, wie umfangreich deine nächste Lieferung sein wird. Aber wenn du mir 20% davon gegen einen Kilopreis von sagen wir...13.000 Euro abtreten kannst, bleiben wir gute Freunde, niemand wird dem anderen etwas neidisch sein und das ganze Jahr über kann Frühling bleiben, ok?"

Ich sah in diese kalten, blauen Augen und ich erkannte auch, dass er alles andere als nur 20% haben wollte! Was waren für ihn 20%? Und konnte es ein dümmeres Angebot geben? Er hatte doch keine Ahnung, wie groß meine Lieferung sein würde! Also, wenn ich ihm 20% von, sagen wir, offiziellen 25 kg zugestehen sollte, dann wären das 5 kg. Das Ganze mal Dreizehntausend, so würde er mir 65.000 Euro hinblättern und vielleicht konnten wir beide dann doch in Frieden auseinandergehen?

„Ich habe für dich 5 kg vom reinsten Stoff lieferbar, Sven!" bestätigte ich ihm „Der Preis dafür sind aber 75 Tausend! Kannst du haben, wenn

meine nächste Lieferung eintrifft, ok? Übergabe-
ort besprechen wir noch, ok?"
Er blickte mich von unten her an, nickte kurz und
meinte:
„Sehr vernünftig, Günther, sehr vernünftig! Gib
mir deine Telefonnummer, ich melde mich dann
bei dir!"
Ich wollte ihm keine Visitenkarte geben, sondern
diktierte ihm meine Telefonnummer, die er gleich
direkt in sein Handy eintippte. Danach reichten
wir uns die Hände und es war ein kurzer, kräf-
tiger, für mich jedoch irgendwie urteilshafter
Händedruck! Danach wandten sich Sven und sein
Bull-Terrier zum Gehen und ich begab mich
schnurstracks in den Wiener Prater, wo ich meine
Kunden treffen sollte!

Harry hatte das Tonbandgerät soeben abge-
schaltet. *Was, zum Teufel, musste das für ein*
Leben sein? dachte er entsetzt *Mit einem Fuß*
immer im Gefängnis, mit dem anderen immer im
Krankenhaus oder gar in der Grube? Und sein
bester Freund Pierre, war, ohne es wirklich zu
wissen, mittendrin? Harry entschloss sich, das
Tonband trotz der vorgerückten Stunde nun doch
ganz abzuhören: unter Umständen war Lichtsams
Geständnis ja doch hilfreich für Dr. Regners
Ermittlungen?

Svens Abfuhr

Der Rabbi wollte eben einen Sprung hinüber machen zu dem Fischgeschäft, um sich ein frugales Mittagmahl zu holen, da betraten plötzlich Sven und dessen Bull-Terrier Rabbis Laden! Sie blieben in der Türe stehen, Sven blickte den Rabbi an und meinte:

„Hey, alter Freund! Nimm dir doch bitte schnell eine Viertelstunde für mich Zeit, ja? Ich brauche nur einige Auskünfte von dir!"

Der Rabbi blickte Sven ausdruckslos an: seit wann war er ein alter Freund von Sven? Sven war für den Rabbi nie ein Freund, sondern maximal ein Geschäftspartner gewesen! Mit einem einzigen Satz schaffte der Rabbi Klarheit und meinte mit leiser Stimme:

„Bei mir gibt es ausschließlich Vier-Augen-Gespräche, ok?"

Einige Sekunden starrte Sven Rabbi an, dann drehte er sich zu seinem Leibwächter um und zeigte ihm mit einer leichten Kopfbewegung die Türe. Der Bull-Terrier folgte sofort und nun waren die beiden Männer alleine im Vorraum. Der Rabbi bat Sven nicht weiter ins Wohnzimmer. Er zog die Augenbrauen hoch, breitete die Arme aus und drehte die Handflächen nach oben, was so viel bedeutete, wie: bitte sehr, fangen wir an? Sven nahm des Rabbis ablehnende Haltung emotionslos hin: er wusste ja und die ganze Branche wusste es, dass sie beide nicht unbedingt gemeinsam auf Urlaub fahren würden! Sven holte ein paar Mal Luft und bemerkte dann:

„Hey, Rabbi! Es gab doch Zeiten, in denen du mir wirklich geholfen hattest, oder? Da warst du doch ein korrekter und wendiger Partner für mich! Aber, Rabbi, auch wenn wir beide uns heute nicht unbedingt umarmen wollen, die eine oder andere Hilfe kann in unserer Branche doch auch nicht schaden, oder?"

„Und welche Hilfe im Detail sollte ich dir gewähren?"

„Nun, Rabbi, du weißt, man hat gute Ohren, da kommt ein Tipp, dort eine Nachricht, hier ein Zund und plötzlich kann man sich einiges zusammenreimen: zum Beispiel, dass der Günther - du kennst ihn doch sicherlich, oder? - zur Zeit prächtig im Geschäft ist! Und zwar mit erstklassigem Stoff, Rabbi! Und den, den muss er doch einmal finanzieren können! Und wer kennt nicht unseren Rabbi, der eigentlich jedes, aber auch wirklich jedes Geschäft durchfinanzieren könnte?" Er machte eine Pause, fixierte den Rabbi mit schlauem Blick und setzte hinzu: „Also, wenn jemand von Günthers Geschäften weiß, dann, mein lieber Rabbi, dann kannst das ja nur du und sonst niemand anderer sein, oder?"

Der Rabbi sah Sven ruhig an und entgegnete:

„Nun, Sven, da scheinst du aber kräftig am falschen Ufer herumzuschwimmen: ich weiß gar nichts über irgendwelche großen Deals von Günther! Erst gestern Nachmittag war er hier bei mir gewesen und wir tranken Tee zusammen! Und kein einziges Wort fiel über irgendein Riesengeschäft oder eine Groß-Finanzierung! Und was diese angebliche Finanzierung betreffen sollte: da hätten wir noch den Samy Leibowitz unten am Albener Hafen, dann noch Iden Rosenstein vom Laaer Berg und dann auch noch

Leo Pinther, du weißt, der Kohlenhändler von Dornbach draußen! Und überhaupt, Sven: wieso muss denn immer ich schuld an allem sein?"

„Wenn Günther solch hochwertige Ware hat, dann geht es doch hier um mindestens einige hunderttausend Euro, ja? Und ich kenne niemanden, der so viel Scheine lagernd hat, außer dir, Rabbi!"

Die letzten Worte hatten einen drohenden Unterton bekommen, Rabbi konnte dies wohl heraushören! Er blickte Sven nun direkt in dessen wasserblaue Augen und sagte gefährlich leise:

„Jetzt hör mir mal gut zu, Sven Greggson! Mich interessieren deine Geschäfte schon seit Jahren nur mehr einen großen Scheiß, ja? Deine ersten Geschäfte hatten wir ja gemeinsam durchgezogen und das war's dann auch schon für mich gewesen! Darum nämlich, Sven, weil mir deine Art, Geschäfte zu machen, gar nicht liegt, ok? Und darum haben dich meine Geschäfte ebenso einen großen Scheiß zu interessieren, gut? Und dazu sage ich dir noch: Günther Lichtsam ist ein alter und sauberer Freund, dessen hochkorrekte Art ich ausnehmend schätze! Lass gefälligst deine schmutzigen Finger von ihm, ja? Du bist weder Napoleon, noch Hitler noch Stalin, Sven! Und du kannst nicht die ganze Welt umbringen, nur um deine armselige Gier zu befriedigen! Also…" und jetzt trat er hin zur Türe, öffnete sie mit der Linken und zeigte seinem Gesprächspartner mit der Rechten, wo es hinausging!

Sven kochte innerlich! Das war nun das zweite Mal innerhalb weniger Tage, dass er eine harsche persönliche Abfuhr erleiden musste!

Geständnis aus dem Jenseits

Als mich die beiden Afghanen, Ahmadi und sein Bruder Samim, wieder kontaktierten und wir uns in einer Tages-Bar der Innenstadt trafen, kamen sie mir irgendwie nervös vor: auf meine direkte Frage, wieviel denn die nächste Lieferung ausmachen würde, antworteten sie zuerst nicht, sie sahen sich wie schuldig an und dann eröffnete mir der eine:

„Chef! Bitte nicht sein bose, aber unsere Liefermann sagta, jetzt muss nehmen ganze restliche Ware, das ist finfundachtzig Kilogramm von diese Ware! Machta einemillionensiebenhunderttausend, geradaus!"

Woher nur hatte der Mann diesen Ausdruck ´geradaus´? Interessanterweise war ich schon gar nicht mehr überrascht: ich hatte im Hinterstübchen schon damit gerechnet, dass es nie mehr weniger, sondern immer nur mehr werden musste! Der Rabi wird kein Problem haben, diese einkommasieben Millionen aufzustellen und ich würde, bei 120 Euro pro Gramm, glatt zwölf Millionen Umsatz mit diesem Stoff machen können!

„Nun, meine Herren," sagte ich leise „Wir haben bisher äußerst korrekt zusammengearbeitet, alles hatte gestimmt, die Ware wurde pünktlich angeliefert, die Qualität ist erste Sahne, aber jetzt bekomme ich langsam Probleme mit dem Preis! Wenn ich diese große Menge übernehme, kann ich euch nicht mehr als 1,2 Millionen zahlen! Wenn das nicht möglich ist, dann muss ich auf das Geschäft verzichten, das täte mir aber doch sehr leid!"

*Ich war überzeugt, die beiden würden nun auf-
stehen und sich Bedenkzeit erbeten! Aber ich
hatte mich getäuscht: der eine, er dürfte entweder
das Sagen oder bessere Sprachkenntnisse als sein
Kollege haben, erwiderte:*

*„Das, bitte, das nicht geht so! Aber wolle machen
die Geschäft mit Ihnen sehr! Chaben jetzt eine
Differenze von finfchunderttausend, das ist sehr
zu viele! Wir sagen, machen Geschäft mit ...gute
Einemillionenvierchundertfinfzigtausend?"*

*Da brauchte ich nun schon nicht mehr nach-
denken: das war mehr als ok und wir vereinbarten und bestätigten die Vorgangsweise wie bereits
zwei Mal erfolgreich abgehandelt!*

*Der Rabbi stand vor seinem Laden und lächelte,
als er mich herankommen sah! Er setzte ein
verschmitztes Lächeln auf, grüßte mit erhobener
Hand und eine Minute später saßen wir an seinem Tisch! Ohne langes Vorgeplänkel ließ ich ihn
wissen:*

„Einkommafünfundvierzig, Rabbi!"

*Er blickte mich einige Sekunden lang an, dann
meinte er:*

*„Günther! Du brauchst wirklich die ganzen Ein-
kommafünfundvierzig? Hast du aus deinem bishe-
rigen Geschäft nicht ein schönes Polster irgendwo herumliegen?"*

*Damit hatte ich rechnen müssen! Aber ich wollte
aus Sicherheitsgründen diese Gewinne nicht an-
greifen, niemand wusste, was alles noch passieren könnte: ob ich vielleicht blitzschnell
abhauen und mich ins Ausland absetzen müsste!
Oder ob ich mich längere Zeit hier in Österreich
bedeckt halten müsste? Ich erklärte dem Rabbi*

mein Vorsichtsverhalten und als Jude verstand er
das auch ohne weiteres Nachhaken!

„Wieviel, du alter Gauner, willst du mir diesmal
zurückzahlen? Und wann?" fragte er.

„Einkommasechs, Rabbi!" antwortete ich, wie
aus der Pistole geschossen „12 Wochen!"

„Da fehlen aber schon etwa...dreihundert, oder
hab ich falsch gerechnet?"

Jetzt kam der berühmte Kuhhandel: jeder musste
etwas geben, musste etwas nehmen, Herzblut
floss, gerade noch, dass keine Tränen rannen und
wir einigten uns, wie ich erhofft hatte, auf letzt-
lich einkommasieben Millionen Euro Rück-
zahlungsbetrag!

Als wir uns verabschiedeten, war ich mit meinen
Gedanken bereits bei der kommenden Geldübergabe, als der Rabbi meine Hand nicht losließ. Ich
sah verwundert auf: war denn nicht alles sauber
und genau besprochen?

„Günther!" mahnte mich der Rabbi „Natürlich
verstehe ich deine Handlungsweise, das bereits
verdiente Geld für Notfälle zurückzuhalten! Aber
nach meiner bescheidenen Berechnung musst du
so zirka sechs Millionen angehäuft haben, oder?"

Natürlich hatte er recht! Und diese Summe in
meinem Häuschen an der Donau, in welches
jeder Volksschüler mit einem Schraubendreher
einbrechen konnte, war jede Stunde, jede Minute
des Tages in Gefahr!

Ich hatte alles mit den Afghanen vereinbart und
die Übergabe sollte übermorgen Vormittag um 11
Uhr in der Schopenhauerstraße stattfinden. Was
ich für diesmal aber weglieβ war, meinen Dragan
zu bestellen: die beiden vorangegangenen Deals
waren so problemlos abgelaufen, dass ich der

Meinung war, für das dritte Mal keine Security nötig zu haben! Gegen zehn Uhr kam ich beim Rabbi an, der die schöne hellbraune lederne Sporttasche bereits mit dem Geld befüllt hatte. Als er mir die Tasche aushändigte, tat er dies mit der linken Hand und hielt mir seine Rechte hin. Ich nahm sie gerne, er hielt sie, drückte einmal fest und suchte meinen Blick. Ich sah ihm nun in die Augen und er meinte:

„Junge, sei jetzt bitte nicht leichtsinnig! Ich weiß ja nicht, was du mit Sven vereinbart hast, aber ich habe bei diesem dritten Deal kein so gutes Gefühl, Günther!"

Ich zog die Brauen zusammen: das wusste er auch schon, dass Sven bei mir war? Was wusste der Rabbi denn noch alles? Ich versuchte, ihn zu beruhigen und meinte sanft:

„Mein alter Freund Rabbi! Ich weiß, dass diese Lieferung die letzte sein wird, die ich durchziehe: der Krug geht bekanntlich so lange..."

„Ja, richtig, Günther!" unterbrach er mich „Und du tust gut daran, dich aus diesem Geschäft zu verabschieden: wenn du einmal - ich hoffe, nicht - mit Leuten wie einem Sven Greggson kooperieren musst, dann kann ich nur empfehlen: ab durch die Mitte und...tschüs! Ich sehe in dir einen wirklichen, sauberen Freund und ich möchte dich nicht verlieren, Günther!"

Er hatte geendet, aber ich hatte das sichere Gefühl, dass ihm noch etwas am Herzen lag! Also blieb ich stehen und sah ihn erwartungsvoll und mit fragender Miene an. Er verstand sofort und sagte nun leise:

„Niemand, Günther, niemand weiß, wie sich dieses Geschäft entwickeln wird! Und was, zum

Beispiel, wird sein, wenn sie dir sowohl Geld als auch den Stoff abnehmen? Das ist natürlich der absolute worst case, aber wer soll dann deine Kunden versorgen? Soll ich mich dann darum kümmern? Wenn du das möchtest, Günther, dann muss ich eine Aufstellung aller deiner Kunden mit allen dazugehörenden Details haben! Das sollte dir schon klar sein, nicht? Wie stehst du dazu?"
Ich dachte eine Weile nach und kam zu dem Schluss, dass er wirklich recht hatte!
„Ok, Rabbi!" antwortete ich ihm „Ich komme nochmals kurz vorbei und bringe dir alle Daten, ja? Das ist sozusagen meine Bibel, in der du alles Notwendige finden wirst! Sollte mein Deal sauber durchgehen, kannst du es mir ja wieder zurück-geben, ok?"
Nach vierzig Minuten war ich wieder im Arm-brust-Laden und händigte dem Rabbi ein kleines Notizbüchlein mit weinrotem Einband aus. Darin waren sämtliche Kunden, ihre Kontaktdaten so-wie die üblichen Abnahmemengen und die Preise vermerkt! Nochmals drückten wir uns die Hände und ich verabschiedete mich. Nach einer halben Stunde war ich Pierres Wohnung in der Schopen-hauerstraße angelangt".

Erneut betätigte Harry die Stop-Taste, stand auf und ging in die Küche, um ein Glas Wasser zu trinken. Er konnte es nicht verhindern, aber sein Herz klopfte zum Zerspringen! Er füllte dann seinen Schwenker nochmals, diesmal jedoch nur mit einem kleinen Schluck, den er auch sofort zur Gänze trank! Er stand vor der Sitzgarnitur, vor ihm auf der Bank lag das Tonband-Gerät und wartete darauf, dass er es einschaltete! Der

Alkohol hatte Harry nun doch schon ein wenig unsicher gemacht, er sprach zu sich selbst und zu seinem Freund Pierre und prophezeite:

„Oh, mein lieber Pierre! Du bist da drüben in Kanada und ich stehe hier vor einem Tonbandgerät und muss mir die letzten Worte eines Mord-Opfers anhören! Was ich hier hören muss, ist die Stimme deines toten Freundes und sein Geständnis, dass er in den letzten Monaten seines eigenartigen Lebens noch ein Riesending durchziehen wollte! Und so wie ich das jetzt ahne, wird ihm die Abwicklung dieses dritten Riesendeals wohl nicht mehr gelingen, wenn ich das höflich ausdrücken soll!" Harry ließ sich neben das Gerät auf die Bank fallen und murmelte: *„Na, lieber Pierre, gleich werden wir wissen, wie sich die letzten Minuten im Leben deines Lieblings abgespielt hatten!"*

Er drückte die Play-Taste und spitzte seine Ohren:

Es ist jetzt zehn Minuten vor elf Uhr. Ich trete ans Fenster und sehe hinunter auf die Straße: etwa eine halbe Minute bemerke ich gar nichts, außer einigen vorbeifahrenden Autos und Motorrädern. Aber jetzt meine ich, zu träumen: ich denke, gleich trifft mich der Schlag! Da unten auf der gegenüberliegenden Gehsteigseite steht Sven und neben ihm sein Bull-Terrier! Sven sieht ein wenig gedankenversunken aus, während sein Bodyguard aufmerksam die Straße hinauf- und hinunterblickt! Und jetzt erkenne ich auch die beiden Afghanen! Einer von denen trägt zwei schwere, dunkelblaue Sporttaschen und sie nähern sich den beiden Männern von hinten! Sie dürften Sven aber nicht kennen, denn sie bewegen sich nun ganz nahe an dem Dealer und seinem Wachhund vorbei, überqueren die Straße und kommen jetzt ans Haustor! Dann kann ich sie nicht mehr sehen und gleich darauf höre ich den Tür-Gong! Ich bin schrecklich verunsichert! Soll ich ihnen öffnen, sie hereinlassen und möglicherweise mit ihnen auch Sven und seinen Bull-Terrier? Ich entschließe mich, das begonnene Geschäft durchzuziehen und betätige den Türöffner. Gleich darauf sind die beiden an der Wohnungstüre angekommen und wieder höre ich den Tür-Gong! Ich trete an die Türe und blicke durch den Spion: ich kann die beiden sehen, aber sonst niemanden! Ich rufe laut, dass ich sofort käme und werde nun das besprochene Tonbandgerät in unserem Geheimversteck unter der Steinplatte des Trumeaus in Sicherheit bringen! Dann werde ich die beiden hereinlassen und wir werden sehen, ob Sven sich Einlass verschaffen konnte! Ich hoffe, der Finder dieser Aufzeichnung kann damit sinnvoll verfahren! Ich grüße alle meine Freunde und insbesondere meinen alten Kumpel Pierre!"

Dann schnappte das Geräte ab und Harry saß in der grausigen Stille seines Wohnzimmers! Jetzt brauchte er erst recht einen ordentlichen Schluck vom Feinsten und schenkte sich umgehend ein! Er war soeben Ohrenzeuge eines Verbrechens geworden: denn niemand anderer als dieser Sven bzw. sein Bull-Terrier dürften Günther Lichtsam erschlagen haben! Und Sven hatte sich danach sowohl mit der Geldtasche als auch mit dem Stoff verabschiedet!

Svens Coup

Günther hatte das Tonbandgerät in die Luft-
polsterfolie eingepackt, in dem Versteck verstaut,
die Platte wieder an ihre ursprüngliche Position
zurückgeschoben! Danach war er zur Türe gegangen und hatte geöffnet. Er hatte durch den
Spion nur die beiden Afghanen gesehen, als er
jedoch geöffnet hatte, sprangen plötzlich von
rechts aus dem toten Winkel Sven und sein Bull-
Terrier hervor, packten die beiden Afghanen, die
sich vor Schreck nicht einmal bewegen konnten
und drückten die beiden ins Vorzimmer. Sie
schlossen sofort die Türe hinter sich, Sven hob
seine Rechte mit einer Pistole und flüsterte dem
einen der beiden ins Ohr:
„So, meine Herren: ihr wollt leben? Gut,
das kann ich verstehen! Aber das könnt ihr nur,
wenn ihr euch umgehend davonmacht, klar?
Also: tschüs mit Küsschen und die Taschen mit
der Ware bleiben hier bei uns!"
Die beiden hatten ihre Augen angstvoll weit
aufgerissen, keiner von ihnen größer als vielleicht
Einmetersechzig und sie wirkten neben Svens
Bullterrier wie zwei Stechmücken, die man mit
einem einzigen Schlag vernichten konnte! Nun
machte der eine einen verzweifelten Versuch:
„Bitte, bitte! Wir muss bringen eine Geld
zu Chause! Wenn nicht bringt Geld, dann große
Probleme fir Familia und fir Kinder! Bitte, geben
eine wenig von Geld fir..."
Sven unterbrach ihn, indem er seinem Bull-
Terrier mit einer Kopfbewegung beauftragte, die
beiden aus der Wohnung zu befördern. Was dieser auch sofort durchzog: er öffnete die Woh-

nungstür, packte die beiden bei ihren Nacken und stieß sie hinaus auf den Gang!

„Und tschüs, meine Herren! Dieses Geschäft ist nun einmal schief gegangen, ok?" sagte Sven zu ihnen und schloss die Türe von innen! Nun wandte er sich Günther zu und meinte jovial:

„Hey, Junge! Was stehen wir da im Vorzimmer herum? Gehen wir hinein und machen es uns gemütlich, ok?"

Damit ging er vor, Günther folgte ihm und dahinter kam der Bull-Terrier. Sven deutete auf die Sitzgarnitur und Günther nahm Platz. Sven setzte sich ihm gegenüber auf den Fauteuil, sah ihn mit kalten Augen an und meinte:

„So, mein Freund! Ich nehme an, du hast schon begriffen, worum es heute hier geht? Also: den Stoff, den haben wir schon. Jetzt fehlen nur noch die Kohlen dazu!" Er machte ein kurze Pause und prüfte Günthers Reaktion. Dieser allerdings saß unbeweglich da und starrte Sven an, so als ob er ihn hypnotisieren wollte! Nun fuhr Sven fort: „Ich kann dir aber garantieren: sagst du uns gleich, wo du das Geld verwahrt hast, nehmen wir es und sind schon über alle Wolken dahin! Sagst du es nicht freiwillig, wirst du meinen lieben Freund hier ein wenig besser kennenlernen! Also: wo hast du es? Vielleicht irgendwo in der Garnitur eingenäht? Oder in einem der Blumentöpfe unter der Erde vergraben? Nun?"

Günther rührte sich nicht: das alles war einfach zu viel für ihn und er war wie paralysiert! Und er wusste eines mit Sicherheit: dieser Sven würde ihn niemals lebend zurücklassen!

Jetzt blickte er auf, sah Sven in dessen wasserblaue Augen und sagte mit heiserer Stimme:

„Du kannst mich am Arsch lecken, du mieses Dreckschwein! Dass du mich umbringen wirst, ist ja klar und darum sollst du dich auch anstrengen, um die Kohlen zu finden! Und jetzt sage ich kein Wort mehr, ok?"

Sven hatte nun die dritte Ablehnung seiner Person innerhalb weniger Tage einstecken müssen! In ihm kochte es gewaltig und er verlor komplett die Beherrschung! Er blickte auf zu seinem Begleiter und nickte unmerklich. Günther allerdings war doch ahnungslos, was nun kommen würde und hatte sich erhoben. Der Bull-Terrier trat rasch von hinten an ihn heran, hob seine Hand mit einem Maurerfäustel und ließ dieses seitlich auf Günthers Kopf niedersausen! Günther war nur schwer betäubt, er fiel auf die Knie zwischen Sitzgarnitur und Glastisch! Sofort war Sergej hinter ihn getreten und schon prallte der schwere Hammer mit unglaublicher Wucht, von rechts nach links gezogen, erneut auf Günthers Hinterkopf! Blut spritzte hochauf, wie vom Blitz getroffen brach Günther jetzt endgültig zusammen und blieb leblos auf dem Bauch liegen!.

„Verdammt!" rief Sven leise „Der Idiot stirbt doch wirklich eher, bevor er die Scheiß-Kohle herausrückt!"

Sie würdigten den Leichnam mit keinem Blick und begannen nun, die Wohnung systematisch nach einem Versteck für einen größeren Geldbetrag zu durchsuchen! Und es dauerte nicht lange, bis sie die unterste Schublade des Trumeaus herauszogen und dahinter die gebündelten

Geldscheine gefunden hatten! Die Gier allerdings ließ sie eine weitere Durchsuchung des Trumeaus einfach vergessen! So hätten sie unweigerlich auch das Geheimfach mit der Tonband-Aufzeichnung entdeckt! Vollbepackt mit den Kokain-Taschen und einem im Abstellraum gefundenen Karton, in dem sie das Geld verstaut hatten, zogen sie die Türe hinter sich zu und verließen die Wohnung.

Des Rabbis Schock

Der Rabbi saß in seinem Hinterzimmer am Tisch und las eine Zeitung, als die Klingel losging. Er erhob sich und ging nach vor in den Verkaufsraum. Dort stand der Dürre Herbert, ein bekannter, kleiner Dealer, der eher schlecht als recht von seinen Drogen-Geschäften leben konnte. Der Rabbi machte ein erstauntes Gesicht: der Dürre Herbert hatte Rabbis Geld-Dienste noch nie in Anspruch genommen und dieser fragte sich nun, was der kleine Dealer nun von ihm wollte?

„Guten Tag, lieber Herbert!" grüßte der Rabbi freundlich „Was führt dich denn in meinen schäbigen Laden?"

Der Dürre Herbert starrte den Rabbi mit großen Augen an, es schien, als könne er seinen Text einfach nicht herausbringen!

„Hey!" forderte der Rabbi ihn auf „Komm einfach rein, ja? Wir setzen uns zusammen und trinken ein Bier, ok?"

Sein Instinkt sagte ihm, dass er den Dürren Herbert nicht wegschicken durfte! Somit ging er vor und sie nahmen drinnen am großen Tisch Platz. Nachdem die Dosen geöffnet waren, nahmen sie jeder einen Schluck und der Rabbi stützte seine Arme vor sich auf dem Tisch auf:

„So, lieber Herbert! Also, raus mit der Sprache! Das kann man doch schon an deinem Gehabe ersehen, dass dich etwas sehr bedrückt, oder?"

Der Dürre Herbert sah nun auf, blickte den Rabbi lange an und flüsterte:

„Sie haben Günther erschlagen, Rabbi! Ja, wirklich: erschlagen!"

Der Rabbi meinte, nicht richtig gehört zu haben! Was war das eben? Günther, sein alter Freund Günther Lichtsam, erschlagen?

„Hör mal, Junge!" fuhr er den armen Herbert an „Wenn du jetzt Spaß machst, dann kannst du etwas erleben: über so etwas mache ich keine Witze!"

Der Dürre Herbert fuhr sich mit der Hand über den Mund und nickte heftig:

„Rabbi! Ich lüge nicht! Sie haben ihn erschlagen in einer Wohnung aufgefunden! Und angeblich soll er schon einige Tage tot gewesen sein!"

Der Rabbi saß da, wie vom Donner gerührt! Er konnte das nicht glauben! Die hatten es wirklich wahr gemacht, jawohl! Im Moment konnte er keinen klaren Gedanken fassen, er sah den Dürren Herbert nur so irre an, sodass dieser meinte, der Rabbi würde ihm gleich an die Kehle springen!

„Hey!" rief der Arme „Rabbi, bitte! Günther war auch mein Freund! Er hatte mir immer ein paar Gramm kostenlos überlassen und das war ein ausgezeichneter Stoff, Rabbi! Und jetzt… ja…," er senkte resigniert seinen Kopf und schloss: „…jetzt ist er tot, unser Günther!"

Langsam, nur allmählich kam der Rabbi zu sich! Er hob beschwichtigend die Arme und nachdem sie sich die Hände geschüttelt hatten, verließ der Dürre Herbert den Laden. Die furchtbare Nachricht war noch keine fünf Minuten her, da entstand bereits der Plan der Genugtuung in Rabbis Kopf! Er setzte sich ans Telefon und nach einigen Anrufen hatte er schon erste, wichtige Informationen, die er benötigte, vor sich auf dem Tisch liegen!

Erstkontakt mit dem Rabbi

Sieben Tage nach dem illegalen Eindringen in Pierres Wohnung und dem Fund des Tonbandes stand Harry spätnachmittags vor Rabbis Laden. Als er eben eintreten wollte, ging die Türe auf und der Rabbi trat heraus. Er sah Harry kurz an und fragte:

„Nun, mein Herr? An einer Armbrust von erster Qualität interessiert? Scheuen Sie sich nicht und kommen Sie einfach herein! Sie werden erstaunt sein, was ich Ihnen zu einem vernünftigen Preis anbieten kann!"

Harry lächelte dankend und sie gingen in den Laden hinein. Im Vorraum blieb Harry stehen, obwohl der Rabbi sich anschickte, ihn weiter in das Hinterzimmer zu führen. Nun blieb auch dieser stehen, drehte sich zu Harry um und sah ihn erstaunt an:

„Nun?" fragte er „Vielleicht doch keine Armbrust, sondern eine andere Spezialität?"

Und beide wussten, was er meinte: vielleicht wäre der Fremde ein möglicher Kredit-Kunde? Harry hob abwehrend beide Arme und sagte:

„Herr Rabbi - Sie verzeihen, aber ich kenne Sie nur unter diesem Namen - ich muss mit Ihnen unter vier Augen wegen Günther Lichtsam sprechen! Mein Name ist Harry Maroón und ich bin ein Jugendfreund von Günther Lichtsams Lebensgefährten, Herrn Pierre Mounier. Sind wir alleine hier?"

Sofort nahm des Rabbis Gesicht einen ernsten Ausdruck an, er blickte Harry prüfend an und entgegnete:

„Erstens sind wir alleine und Sie können unbehelligt sprechen! Und zweitens würde es mich doch interessieren, woher Sie Günther kannten?"

Harry trat an den Verkaufstisch heran, entnahm seiner Jackentasche das Tonbandgerät und legte es vor den Rabbi hin. Der sah Harry fragend an und dieser erklärte ihm in wenigen Worten, was er darauf gehört hatte.

„Das hier, Herr Rabbi, ist eine Kopie einer Nachricht von Günther Lichtsam," - log Harry ein wenig: natürlich gab es keine Kopie davon! - „welche er, so denke ich, knapp vor seiner Ermordung aufgezeichnet hatte. Ich lasse das Band bei Ihnen, hören Sie alles in Ruhe ab! Wenn Sie einverstanden sind, komme ich morgen um die gleiche Zeit wieder und wir besprechen, die weitere Vorgangsweise, ok?"

Der Rabbi war einverstanden und Harry fuhr wieder nach Hause. Am nächsten Tag betrat er um Punkt 17 Uhr das Armbrust-Geschäft. Der Rabbi kam ihm schon entgegen und führte ihn nach hinten. Nun saßen sie am großen Tisch und der Rabbi meinte:

„Hören Sie, Herr Maroón, dieses Tonband sollte sofort der Polizei übergeben werden, sodass sie ihre Ermittlungen in diesem Mordfall entsprechend ausrichten kann! Aber, wie Sie sicherlich verstehen werden, muss der Chef der Ermittlungen, dieser Dr. Regner, ja nicht unbedingt alles, was darauf zu hören ist, auch wirklich hören, oder? Zum Beispiel könnte man ja meine bescheidene Rolle weglassen, oder?"

Harry verstand ihn natürlich und meinte:

„Also sollten wir das Band ein wenig manipulieren, nicht?"

Der Rabbi nickte und gab Harry bekannt:

„Um die Texte auf diesem Band als ordentliche und für mich unverfängliche Aufnahme technisch richtig bearbeiten zu können, werde ich mich entsprechend versorgen, das heißt, ich werde mir noch ein Tonbandgerät sowie die erforderlichen Kabel und Anschlüsse ausleihen. Wenn Sie einverstanden sind, habe ich übermorgen Mittag die neu bespielte Kassette fertig und Sie können sie den Ermittlern aushändigen, ok?"

Harry nickte anerkennend: der Mann verlor keine Minute! Wie besprochen, holte er das Band zwei Tage später ab und fuhr damit nach Hause. Natürlich sollte Dr. Regner nun ehestmöglich von dieser Aufnahme erfahren und Harry wählte die Nummer, die auf Dr. Regners Visitenkarte gedruckt stand. Er selbst hob nicht ab, aber eine Tonbandstimme meldete sich und Harry hinterließ ihm die Nachricht, dass er dringend zurückrufen solle. Dann setzte Harry sich ins Wohnzimmer und spielte die vom Rabbi manipulierte Kassette ab: der Mann hatte das perfekt hingekriegt! Nicht ein einziges Wort oder eine Passage deuteten auf den Namen eines Geldverleihers hin! Noch lange an diesem Abend verfolgte Harry Maroón die beklemmende Geschichte dieses Günther Lichtsam! Gott sei Dank aber taten einige doppelte Cognacs ihr Gutes und er schlief die Nacht durch wie ein Toter, bis ihn Dr. Regners Anruf aus dem Schlaf riss! Eine Stunde später klopfte der Kommissar an Harrys Haustüre und dieser übergab ihm das Tonband. Mit einer gewissen Erleichterung tat Harry dies, denn eigent-

144

lich wollte er mit diesem Drogen-Scheiß endgültig gar nichts mehr zu tun haben!

Oberstleutnant Dr. Regners Flaute

Dr. Regner hatte gemeinsam mit den zuständigen Kollegen vom Drogen-Dezernat das Tonband abgehört.

„Nun, liebe Kollegen, was haltet ihr davon? Können wir diesen Sven hoppnehmen? Wir haben eben gehört, dass dieser Sven und auch seine Bulldogge eigentlich die letzten Menschen gewesen sein mussten, die Günther Lichtsam lebend gesehen hatte! Nun scheint er mit dem Geld und mit dem Stoff auf und davon zu sein, nicht? Was habt ihr über diesen angeblichen Super-Deal eigentlich erfahren?"

Inspektor Tranner, der Chef des Dezernats, meinte darauf:

„Die ganze Branche, lieber Kollege, ist in Aufruhr! Alle wissen, dass es angeblich eine Super-Lieferung von bestem Stoff gegeben haben soll, niemand weiß Näheres darüber, aber es brodelt in der Branche, dass man schon das Gras wachsen hört! Aber, wie das des Öfteren vorkommt, wir haben leider nichts Definitives in der Hand!"

„Günther Lichtsam," überlegte Dr. Regner halblaut „wurde, soweit die Gerichtsmedizin das bestimmen konnte, mit einem Maurerfäustel erschlagen. Zwei kräftige Schläge! Aber keinerlei Gewaltanwendung sonst: also, keine Folterspuren, etc.! Es kann schon sein, dass die Leute keine Zeit verlieren wollten, diesen Lichtsam einfach erschlagen hatten und dann in der Wohnung nach dem Geld oder nach den Drogen suchten! Und wahrscheinlich auch fündig wurden! Nach Lichtsams Aussage hatte er das Geld ja schon in der Wohnung, der Stoff wurde ihm hinaufgebracht und - so wie das aussieht - waren dann auch diese beiden Schweine zugegen!"

„Beweise?" fragte Tranner nur.

Dr. Regner hob die Schultern, machte eine fatale Miene und sagte abschließend:

„Naja, das war's dann wohl, liebe Kollegen! Ihr müsst an diesen Sven heran und vielleicht den Stoff sicherstellen! Und ihr müsst versuchen, etwas mehr über die Finanzierung dieser angeblichen Riesenlieferung herauszufinden: interessanterweise nämlich deutet nichts auf dem Band auf eine Geldquelle hin! Wir hier im Morddezernat, wir müssen die höchst schwache Spurenausbeute nochmals genau durchsehen! Die Mörder dürften leider erstklassige Arbeit geleistet haben!"

Er wandte sich zum Gehen, verharrte jedoch noch kurz an der Türe und fragte:

„Sagt mal, Buben: hat sich etwas Neues im Fall Lobner ergeben? Momentan sterben mir hier in Wien einfach zu viele Menschen aus dieser Drecks-Branche!"

„Wir hatten das gesamte Grätzel ausgehorcht, Lobners Privatleben bis ins kleinste Detail durchstöbert, aber das Ergebnis war quasi Null!" ließen die Kollegen Dr. Regner wissen.

Man trennte sich, eigentlich höchst unzufrieden mit den Fakten! Aber wie Dr. Regner sich immer sagte, da hatte es schon viel schwierigere Fälle gegeben, die er letztendlich ja auch lösen hatte können!

Günthers Schatz

Harry saß zu Hause in seiner Sitzgruppe und sinnierte angestrengt: er hatte dem Kommissar zwar das vom Rabbi bearbeitete Tonband mit Lichtsams Chronologie ausgehändigt, aber nicht diesen kleinen Schlüssel, der in dem Tonband-Kuvert drinnen war! Nach Lichtsams Bericht war dieser am Hauptbahnhof gewesen und hatte die Afghanen dabei beobachtet, wie sie eine Probe des Kokains aus dem Gepäckfach entnommen hatten! Nun hatte Harry einen solchen Schlüssel, aber keine Fach-Nummer! Er überlegte ununterbrochen, wie man die Nummer des Faches herausfinden könnte, kam aber natürlich zu keinem Ergebnis! Als er am nächsten Abend mit Pierre telefonierte und ihm den letzten Stand der Ereignisse durchgab, vergaß er auch nicht, ihn zu fragen:

„Sag einmal, Pierre, ich hab hier einen Schlüssel, der sich ebenfalls in diesem Paket aus dem Trumeau-Versteck befand! Das ist mit großer Sicherheit der Schlüssel zu einem Schließfach und natürlich kann ich damit überhaupt nix anfangen! Nun denke ich, ob dein Günther nicht eine Lieblingszahl, eine Glückszahl, die er vielleicht immer im Lotto spielte, oder ein Datum, ein vierstelliges hatte? Denk doch bitte fest nach und gib mir Bescheid, ok?"

Zwei Tage später rief Pierre seinen Freund zurück und meinte:

„Harry, ich hab da eine Idee: Günther spielte im kleinen Zahlenlotto immer die beiden Zahlen 34 und 81! Die kannst du ja einmal versuchen, ok? Aber wenn diese Zahlen nicht funktionieren, versuche es dann mit der 11 und der 88, das sind laut Günther chinesische Glückzahlen, wie ihm vor Jahren anlässlich einer Hongkong-Reise der Reiseführer verraten hatte! Bin schon äußerst gespannt! Also, gib mir dann Bescheid, ok?"

Noch am selben Abend fand Harry sich am Hauptbahnhof ein, begab sich zu den Schließfächern und suchte die Nummer 3481. Der Schlüssel passte nicht. Er fuhr wieder nach Hause: er wollte nicht durch mehrmalige Aufsperrversuche die Aufmerksamkeit irgendwelcher Aufsichtspersonen auf sich lenken! Zwei Tage später war er wieder dort, trat an das Fach mit der Nummer 1188 heran und…der Schlüssel passte! Harry öffnete vorsichtig die Türe, sah hinein und erblickte eine große, dunkelblaue, prall gefüllte Reisetasche mit Zippverschluss! Da er Angst hatte, beobachtet zu werden, nahm er die Tasche rasch heraus und verließ die Halle. Ununterbrochen plagte ihn die Frage, was er mit dieser Tasche denn transportierte? Vielleicht doch Rauschgift? Vielleicht doch Rauschgift-Geld? Natürlich fuhr er nicht direkt nach Hause: dazu hatte er zu große Angst vor einer Verfolgung! Als er nach einer Dreiviertelstunde und etlichen Umwegen und Ablenkungsmanövern sicher war, nicht verfolgt zu werden, parkte er - noch immer aus Angst - vier Gassen von seinem Häuschen und ging die restliche Strecke zu Fuß! Dort angelangt, stellte er die Tasche in der Küche auf dem Tisch ab und nahm sie, nachdem er sich umgezogen hatte, mit hinein ins Wohnzimmer. Dort setzte er sich in den Fauteuil der Sitzgruppe, nahm die Tasche zwischen die Beine und öffnete langsam den Zippverschluss. Nun drückte er vorsichtig die Taschenöffnung mit den Händen auseinander und meinte im selben Augenblick, zu spinnen! Das also war Günther Lichtsams Vermächtnis an seinen Freund Pierre: die Tasche war doch wirklich bis oben hin voll mit gebündelten Fünfhundert-Euro-Scheinen! Harry begann zu zählen und hatte plötzlich 3,2 Millionen Euro vor sich auf dem Couchtisch liegen! Nun zählte er weiter und vor ihm lagen exakt weitere drei Millionen Euro!

Harry war sprachlos: diesen Haufen Drogen-Geld sollte er Pierre aushändigen? Das war doch schmutzigstes Geld! Allerdings klopfte bei ihm ganz, ganz weit hinten im Gehirn leise die Nachricht an: diese Leute, die Kunden, mit denen Günther diese Kohlen gemacht hatte, die haben doch keinen Schaden erlitten, oder? Die wollten das nicht unbedingt einer Sucht wegen, sondern weil sie ihre eigenartigen Wochenend-Unterhaltungen intensiver genießen wollten und auch dafür nicht unerhebliche Summen bezahlt hatten!

Allerlei dumme Gedanken flitzten durch Harrys Kopf, solange, bis er die Entscheidung getroffen hatte: er musste den Rabbi kontaktieren! Mit dessen Rat würde er mit diesem Geld eher etwas Vernünftiges anfangen können! Am Samstagvormittag fuhr er bei Rabbis Laden vor und dieser stand eben mit einem Mann auf dem Gehsteig und plauderte. Als er Harry erblickte, beendete er sofort sein Gespräch und sie beide gingen in den Laden. Hinten am großen Tisch ließ Harry den Rabbi alles wissen und erbat seine Meinung dazu. Dieser dachte eine Weile nach und riet Harry:

„Herr Maroón, nehmen Sie die Tasche und legen Sie sie in einen Bank-Safe. Nicht in ein Schließfach, das ist zu gefährlich, nur in einen gemieteten Safe! Aber wählen Sie den größten verfügbaren Safe dort, ok? Wenn Sie mir vertrauen, deponieren sie danach den Safe-Schlüssel mit dem Code hier bei mir. Mehr dazu kann ich nicht raten! Aber um Sie auch wissen zu lassen, wie die Angelegenheit Lichtsam zur Zeit von meiner Warte aus steht, informiere ich Sie soweit, dass ich alles Erforderliche in die Wege geleitet habe! Vielleicht schon hören Sie demnächst, was sich in dieser Sache getan hat, ok?“

Harry sah ihm einige Sekunden lang in die Augen und aus denen zuckten plötzlich stahlharte, unbarmherzige Blitze!

„Wissen Sie, Rabbi,“ meinte Harry auf seinen Vorschlag „ich denke, ich darf das genauso handhaben, wie Sie es vorgeschlagen haben! Ich komme gerne morgen wieder vorbei, und übergeben Ihnen Safe-Schlüssel und Code! Aber wenn mich die Bank fragt, wer der andere Zutrittsberechtigte ist, was darf ich dann angeben?“

„Geben Sie…warten Sie mal…geben Sie als Berechtigten einen Aaron Weintraub an, ok? Und geben Sie diese Adresse als die Weintraubs an und vereinbaren Sie auch, dass sowohl Sie für Weintraub als auch Weintraub für Sie unterzeichnen und über den Safe-Inhalt verfügen dürfen, ok? Wenn Sie mir das Bankinstitut genannt haben werde ich dort vorbeikommen und meine Unterschriftsprobe abgeben!“ Er hielt kurz inne, stand ein paar Sekunden mit geschlossenen Augen da und fuhr fort: „Nur zu Ihrer Beruhigung, Herr Maroón: diese sechskommazwei

Millionen in dem Safe, die behalten wir vorläufig als Notgroschen! Alles Nähere erkläre ich Ihnen in Kürze, ok?"

Harry hielt sich exakt an Rabbis Angaben und übergab ihm schon am nächsten Vormittag die Depot-Bestätigung, den Schlüssel und auch das Codewort! Als er sich verabschiedete, kam ihm der Rabbi etwas seltsam in seinem Gehaben vor: er war nicht so freundlich wie gewohnt, gab sich wortkarg und Harry hatte auch den Eindruck, der Mann stünde vor einer schweren Entscheidung! Darum hielt er ihn nicht länger als erforderlich auf und fuhr ins Büro.

Rabbi beginnt, Ordnung zu machen

Am frühen Nachmittag des nächsten Tages betrat der Dürre Herbert Rabis Laden. Der Rabbi kam nach vorne, sie reichten sich kurz die Hände und der Dürre Herbert berichtete:

„Rabbi! Ich hab die Adresse der beiden Afghanen! Es handelt sich um zwei Brüder mit den Namen Ahmadi und Samim Karimi und ich glaube, die sitzen zu Hause und zittern ihrem baldigen Tod entgegen! Aber sie leben noch, ich hab mich überzeugt!"

Der Rabbi nickte bedächtig und antwortete:

„Sehr gut, Herbert, ausgezeichnet! Und wegen Sven? Konntest du etwas in Erfahrung bringen?"

Jetzt bekam Herberts Miene einen überlegenen Ausdruck! Er zog die Augenbrauen hoch, zuckte kurz mit den Schultern und gab bekannt:

„Er hat in der alten, aufgelassenen Textilfabrik in St. Marx ein Lager angemietet! Das verlassene Gelände hat irgendein Super-Wifer gesamt gekauft und vermietet dort Läger in allen Größen! Svens Lager hat die Nummer 239! Ich war für dich schon dort und konnte ausfindig machen, dass du auch eventuell einen Zugang über die Rückseite, die mir eher schwach gesichert erscheint, hättest!"

Jetzt war der Rabbi aber wirklich erstaunt und überrascht! Er schüttelte etwas ungläubig den Kopf, griff in die Jackentasche und förderte ein paar Hundert-Euro-Scheine zutage.

„Ich wusste ja gar nicht, dass du solch ein Zampano bist, Herbert!" meinte er „Für diese

Information gibt es natürlich eine saftige Prämie, ok?"

Im gleichen Atemzug zählte er nun fünf Stück Einhundert-Euro-Scheine vor seinen Geschäftspartner auf den Ladentisch hin. So schnell konnte der Rabbi gar nicht schauen, waren diese fünf Scheine in des Dürren Herberts Jackentasche verschwunden! Als sich dieser jedoch zum Gehen wandte, setzte der Rabbi noch mit ruhiger und emotionsloser Stimme hinzu:

„Herbert?" Dieser war stehengeblieben und wandte sich um „Herbert! Du hast nie von mir diesen Auftrag erhalten, ok? Nie! Sollte ich erfahren, dass du geplaudert hast, hole ich mir erstens die Scheine wieder und zweitens garantiere ich dir ein nettes und längeres Gespräch inklusive spitalsreifem Körperkontakt mit einigen meiner Geldeintreiber, verstanden?"

Der Dürre Herbert nickte heftig, hob kurz den Arm und war bereits aus dem Laden draußen! Der Rabbi setzte sich nun im Wohnzimmer an den großen Tisch, schloss die Augen und sprach leise vor sich hin:

„Nun, mein lieber Aaron, hast du es doch noch so weit gebracht, dass du dich in eine Drogen-Fehde einmischen musst! Und das gleich derart heftig? Aber Günther war ein ordentlicher, ehrlicher und netter Mensch, er hat niemandem etwas Schlechtes gewollt, er hat eben den nicht ganz richtigen Weg eingeschlagen gehabt! Und leider hat er gewisse Leute einfach unterschätzt! Aber derart brutal abtreten zu müssen, das darf nicht ungesühnt bleiben, oder?"

Er erhob sich und ging nach hinten ins Lager mit den Armbrüsten. Dort war er über eine

Stunde lang beschäftigt. Dann kam er mit einer großen, dunkelblauen Sporttasche wieder nach vorne, nahm aus der rechten Lade des Verkaufspultes einen Autoschlüssel und verließ so ausgerüstet den Laden. Er hielt sich korrekt an alle Verkehrszeichen, denn nicht einmal schon war es Kollegen passiert, dass sie zu einem wichtigen Treff deshalb nicht erscheinen konnten, weil sie sich einiger Lächerlichkeiten wegen mit der Polizei angelegt hatten: zu schnell gefahren, Abbiege-Vorschriften nicht beachtet, Fahrtrichtungsanzeiger nicht betätigt, etc. etc.!

Schuld und Sühne

Sven Greggson war in bester Laune: er war nicht nur im Besitz von 85 kg reinstem, hochwertigstem Koks, zusätzlich hatte er sich auch noch den Preis dafür, nämlich diese einkommafünfundvierzig Millionen unter den Nagel gerissen! Und außerdem hatte er wieder einigen Platz auf dem Markt gemacht: diesen Günther, den brauchte doch kein Mensch, oder? Sven war stolz auf seinen Coup: und sie hatten sich größte Mühe gegeben, auch nicht die geringste Spur zu hinterlassen!

Sven erhob sich nun von dem Sofa, auf dem er immer nach dem Essen sein Nickerchen zu machen pflegte. Er griff zum Telefon und beorderte Sergej, seinen Bullterrier, ihn abzuholen. Sie müssten hinaus nach St. Marx. Zehn Minuten später bestieg Sven seine Luxus-Limousine und Sergej schlug die Richtung zum Alten Schlachthof ein. Beide verschwendeten keine Sekunde daran, sich zu versichern, ob ihnen vielleicht jemand folgen könnte! Nach ca. 30 Minuten hielt Sergej vor dem großen Gittertor, der Hauptzufahrt zu den Miet-Lägern. Sergej stieg aus und sperrte das Tor mit dem an die Mieter ausgegebenen Generalschlüssel auf. Nachdem sie durchgefahren waren, hielt Sergej den Wagen an, stieg aus und schloss das Gittertor wieder ab. Das waren alles Sicherheits-Vorschriften. Es sollten keine Unbefugten auf dem Lager-Areal umherlaufen! Sergej lenkte den Wagen zuerst geradeaus, dann bog er die zweite Straße nach rechts ab. Dann hielt vor dem Lager mit der außen auf einer schwarzen Tafel groß und in weißer Farbe aufgemalten Nr. 239.

Beide Männer stiegen aus und Sven entsperrte die Kette, die so über die beiden Türknäufe geschlungen war, dass man die Kette, ohne das angebrachte Vorhängeschloss zu entsperren, nicht lösen konnte! Sven öffnete nun beide Flügeltüren, die Männer traten ein und Sven schloss die Türen hinter ihnen wieder. Trotz aller Kaltschnäuzigkeit, die in Sven innewohnte, begann jetzt sein Herz wild zu schlagen: solch einen Coup hatte hier in Wien noch niemand zustande gebracht! Nun standen sie vor Svens Lager und Sven bat Sergej, aufzusperren. Sergej tat dies und gleich darauf holte er zuerst die Tasche mit dem Geld und danach die vier Kartons mit dem Kokain heraus! Der gesamte Coup lag nun vor ihnen, sie sprachen kein Wort und starrten nur auf das blutige Diebesgut! Plötzlich rief eine raue Männerstimme aus dem Hintergrund:

„Hey! Sergej!"

Entsetzt rissen beide Männer die Augen auf und Sergej dreht sich dorthin, von wo die Stimme gekommen war! In diesem Augenblick gab es ein lautes schnalzendes Geräusch! Den Bruchteil einer Sekunde lang war ein leises Flirren zu hören und der Armbrustpfeil traf exakt mittig Sergejs Stirne und drang hinein bis ins Gehirn. Leblos brach der Mann zusammen! Sven meinte, der Adrenalinstoß müsste ihn jede Sekunde umbringen: er starrte auf seinen toten Leibwächter, dann beugte er sich über ihn und bemerkte das noch aus der Stirn herausragende Pfeilende! Jetzt drehte er sich gehetzt um und suchte den Schützen! Natürlich wusste er, wem er diesen tollen Schuss zu verdanken hatte und rief mit zitternder Stimme:

„Hey, Rabbi! Bist du verrückt geworden? Was sollte das eben? Sergej hat dir doch überhaupt nichts getan und du bringst ihn so einfach um?"

Jetzt trat der Rabbi aus einem Seitengang hervor, blieb neben einem Stoß Juteballen stehen, die Armbrust im Anschlag und direkt auf Sven zielend!

„Mein Freund Günther hat dir aber auch nichts getan, oder, Sven? Und ihr habt ihn erschlagen, hingerichtet wie einen lang gesuchten Kindermörder! War das notwendig, Sven?"

„Aber...er...hat doch unseren gesamten Markt durcheinandergebracht, Rabbi! Der Mann hatte..."

„Ach, rede doch keinen Scheiß, Sven! Er war einfach besser als du mit deiner mistigen Ware, oder? Aber ich denke, du wirst auch nicht viel davon haben, Sven: dieser Stoff da, der gehört nun einmal nicht dir, weißt du?"

Sven hatte große Schweißperlen auf der Stirn! Er wusste einfach keinen Ausweg und rief:

„Rabbi, hör mir zu: ich...ich...scheiß auf den Stoff! Weißt du was? Nimm ihn und...und ...mach damit, was du willst, ok?"

Der Rabbi stand unbeweglich, die Armbrust im Anschlag und sprach kein Wort! Und in Sven begann jetzt eine schreckliche Angst hochzusteigen! Wie sollte er sich hier herauswinden?

„Rabbi!" rief er wieder „Du warst mein erster großer Geldgeber! Du..."

„Und heute, Sven," unterbrach ihn der Rabbi trocken, „heute wirst du meiner sein!"

Ein Schnalzen folgte und im selben Moment bohrte sich der Pfeil knapp unter Svens Kinn in dessen Hals! Sofort war alles um ihn herum voll mit Blut, das pulsierend aus der röchelnden Kehle und aus seinem Mund hervorquoll! Sven war auf die Knie gesunken, der Schock der Verwundung ließ keinerlei Schmerzempfinden zu! Sven hatte sich an den Hals gegriffen und starrte den Rabbi mit ungläubiger Miene an! Dieser kam nun heran, verhielt knapp vor dem knienden Sven seinen Schritt und legte ohne Hast und mit unbewegter Miene einen wieteren Sport-Pfeil in die Armbrust ein! Nun beugte er sich über Sven und sagte leise und emotionslos:

„Ich hatte dich gewarnt, Sven, ja, ausdrücklich gewarnt, Günther nichts anzutun! Aber deine Gier war stärker! Und jetzt darfst du dich oben mit Günther treffen und dich bei ihm entschuldigen, ok?"

Damit setzte die Armbrust genau mittig auf dessen Stirne an. Der schon halbtote Sven hob abwehrend seine Arme und gurgelte noch unverständliche Worte! Es war ein hässlicher, kurzer Schnalzer, der nun folgte! Svens Kopf wurde zurückgerissen und der Pfeil der Vergeltung hatte in Sekundenbruchteilen sein Gehirn zerstört!

Jetzt griff der Rabbi in seine linke Jackentasche, holte eine mittelgroße Kombizange hervor und zog mit einiger Mühe die drei Sport-Pfeile aus den beiden Opfern heraus. Die noch mit Gehirnmasse und mit Blut beschmutzten Pfeile sowie die Kombizange wickelte er in ein mitge-

brachtes kleines Gäste-Frotteehandtuch und ver-
wahrte das Bündel sorgsam in der Jackentasche.

Nun begann der Rabbi, die vier bis obenhin
gefüllten Kartons mit dem Stoff sowie die Geld-
Tasche nach hinten zu tragen, wo er sich durch
ein schlampig geschlossenes Fenster unbemerkt
Zutritt zur Lagerhalle verschafft hatte! Seine
Beute brachte er durch ein großes Loch im Draht-
zaun zu seinem davor geparkten Wagen. Nach ca.
einer halbe Stunde Fahrt schob er rücklings durch
die Einfahrt in seinen Hof hinein und hielt neben
dem Schießtunnel. Er betrat den langen Gang,
ging nach vor bis zu den Schieß-Scheiben, von
denen er jetzt eine pfannengroße vorsichtig nach
links drehte. So weit, dass er sie abziehen konnte!
Er lehnte sie links neben sich auf dem Boden an
die Wand. Hinter der abgenommenen Scheibe
hing ein kleines, quadratisches Bild aus Stein-
Mosaik. Das Motiv war eine nichtssagende länd-
liche Szene mit Tenne und dahinter aufsteigen-
dem Gebirge. Nun stellte der Rabbi sich ungewöhnlich breitbeinig vor dem Bild auf. Er ergriff
es mit der Linken, drehte es einmal um 90 Grad
und nun konnte er das schwere Bild mit beiden
Händen abnehmen! Er stellte es rechts neben sich
an der Wand auf dem Fußboden ab. Hinter dem
Bild war nun eine Öffnung zum Vorschein
gekommen, in die der Rabbi hineingriff und einen
darin montierten Hand-Hebel betätigte. Gleich
darauf fuhr unter dem Rabbi eine 80 x 80 cm
große Stahlplatte zur Seite und gab eine ca. einen
Meter tiefe, ausbetonierte, trockene Grube frei!
Hier hinein legte der Rabbi die Taschen mit dem
Stoff sowie die Sporttasche mit dem Geld und
brachte alles wieder in den Original-Zustand!

Danach begab er sich beruhigt zurück in seinen Laden. Er war außerordentlich zufrieden mit sich selbst: Der Mord an seinem Freund Günther war gerächt, die armen Afghanen kamen nun doch noch zu ihrem Geld und die 85 kg Stoff, na, mit denen würde sein Freund Nero eine Riesenfreude haben und als korrekter Partner den Preis an Rabbi mit Sicherheit abbezahlen!

Hilfe für Dr. Regner

Natürlich waren die Zeitungen voll mit den beiden aufgefundenen Leichen in der Lagerhalle! Eine total leere Miet-Box, keine Anzeichen, dass dort irgendwelche Waren gelagert worden wären, zwei Männerleichen, beide aus dem Drogenmilieu...Dr. Regner konnte nur noch den Kopf schütteln: sein jahrelang trainiertes Ermittlerhirn flüsterte ihm laufend zu, dass hier einiges faul war, dass hier einige Leute viel mehr wissen würden, als sie zugaben!

Zwei Tage nach dem Leichenfund in der Lagerhalle kam er morgens schlecht aufgelegt ins Büro und fand auf seinem Schreibtisch unter der täglichen Post einen Brief mit maschinengeschriebenem Text, gerichtet an Herrn Dr. Regner, allerdings ohne Absender:

„Geehrter Herr Dr. Regner! Um Ihnen bezüglich der Aufklärung des Mordes an Herrn Günther Lichtsam behilflich zu sein, gebe ich wie folgt bekannt: Die beiden vor drei Tagen in der Lagerhalle in 1030 Wien aufgefundenen Männerleichen, ein gewisser Sven Greggson und sein Leibwächter Sergej Soronew, waren die Mörder des Günther Lichtsam, aufgefunden in 1180 Wien, Schopenhauerstraße. Das ist bewiesen, die entsprechende Tonbandaufzeichnung liegt Ihnen ja bereits vor. Keine Strafe für einen Mord aus reiner Gier kann besser wirken als die Exekution dieser beiden Mörder. Darum haben die beiden ihre gerechte Strafe erfahren, was einerseits zwar nicht dem Strafvollzug einer Demokratie, aber

sehr wohl dem Gerechtigkeitsempfinden eines guten, alten Freundes des Herrn Lichtsam entspricht. Lassen Sie es gut sein, Herr Dr. Regner: der Lichtsam-Mord ist aufgeklärt, er wurde durch die Hinrichtung gesühnt und ich denke, Sie haben wichtigere Aufgaben auf dem Schreibtisch vorliegen, oder?

Mit bestem Gruß: der Exekutor.

Einige Minuten saß Dr. Regner nachdenklich vor seinem Schreibtisch. Dann ließ er sich mit der kriminalistischen Pathologie verbinden:

„Hey, Max!" sagte er in vertraulichem Ton „Was tut sich bei euch da unten? Ganz sicher seid ihr mit euren Untersuchungen im Rückstand, oder?"

„Sehr witzig!" antwortete sein Kollege sarkastisch „Und würden wir 130 Stunden pro Woche arbeiten, kriegten wir diesen Rückstand in vielleicht sechs Monaten auf die Reihe!" Er machte eine kleine Pause und fragte: „Und? Wie geht´s deiner Lisbeth mit ihrem Asthma? Ich hoffe, ihr konntet das schon in den Griff bekommen?"

„Ach, weißt du, alter Freund," seufzte Dr. Regner „sie sollte schon längst eine ordentliche und hilfreiche Kur machen! Aber, du weißt, wie sie sind, unsere Mädels: *wer braucht schon einen Arzt? Ist ja alles halb so schlimm! Das wird schon wieder! etc., etc.!* Aber nun zu etwas anderem, Max: seid ihr in der Angelegenheit der beiden Leichen von der Lagerhalle doch schon weitergekommen? Gibt's schon Ergebnisse bezüglich der Todesart?"

„Das ist sehr interessant, Gustav: die beiden wurden durch das Eindringen eines spitzen Gegenstandes sowohl in Gehirn als auch in den Hals getötet! Unsere Erfahrung sagt uns, dass diese Mordwaffe mit unglaublicher Wucht in Hals und in Kopf eingedrungen sein musste! Das kriegt man mit der Hand ganz sicher nicht hin, Dietmar! Also nehmen wir an, dass es sich um irgend ein Bolzenschussgerät, um einen Schlachtschuss-Apparat oder um ähnliches gehandelt haben muss! Mehr konnte wir aus den Verletzungen nicht herausarbeiten!"

„Interessant, sehr interessant…" murmelte Dr. Regner wie abwesend vor sich hin.

„Was meinst du, Junge?" fragte überrascht sein Kollege „Was findest du denn so interessant an unserem Bericht?"

Dr. Regner antwortet nicht sofort. Er blickte nachdenklich hinauf zu dem an der Decke montierten, stillstehenden Ventilator, nickte mit dem Kopf einige Male bestätigend und meinte:

„Nun, Max, ich kann mir jetzt vorstellen, womit die beiden umgebracht wurden, aber das muss ich noch eingehender prüfen! Also, danke vielmals und Grüße an deine liebe Wilma, ja? Und wenn es das Wetter zulässt, dann sind wir alle vier wieder draußen in Nußdorf auf ein paar Spritzer, ok?"

Dr. Regner legte auf, lehnte sich zurück und sprach leise vor sich hin:

„Bolzen, Bolzen…jaja, lieber Herr Rabbi! Im Grätzl um den Prater gibt es nur ein einziges Armbrust-Geschäft und das gehört dir! Ich glaube, ich weiß, wodurch die beiden Verbrecher zu Tode kamen: ein Armbrust-Pfeil entwickelt eine

mörderische Geschwindigkeit und findet bei entsprechender Ausbildung zumeist exakt sein Ziel, zum Beispiel einen Hals oder eine Stirn..."

Am nächsten Vormittag betrat er den Armbrustladen des Rabbi. Der empfing ihn im Vorraum, sie begrüßten sich höflich und Dr. Regner fackelte nicht lange herum:

„Herr Rabbi - leider kenne ich Ihren richtigen Namen nicht - sagt Ihnen dieser Brief etwas zu den in der Lagerhalle aufgefundenen beide Leichen?"

Damit legte er vorsichtig den aufgefalteten, an ihn selbst gerichteten Brief des Rabbi vor diesen auf den Ladentisch. Der Rabbi sah nur einen Augenblick auf das Papier, hob den Kopf und sah Dr. Regner mit ausdruckslosem Gesicht an:

„Und? Was sollte mir dieser Brief sagen?"

„Naja, mein lieber Rabbi, wollen Sie sich den Inhalt nicht zumindest einmal kurz ansehen?"

„Und warum sollte ich?"

„Das heißt für mich, Sie kennen diesen Text ja schon, oder?"

Der Rabbi sah Dr. Regner unverwandt an und sprach kein Wort.

„Hey, Rabbi," meinte Dr. Regner nun mit versöhnlichem Ton „die Sache ist doch ausgestanden und Sie würden mir sehr, sehr helfen, wollten Sie mich in dieser Sache aufklären?"

„Was möchten Sie hören, Herr Dr. Regner?" fragte der Rabbi, nun ebenfalls mit lockerem Ton „Wir beide, wir wissen doch schon genug darüber, oder? Schließen Sie ganz unkompliziert diesen Fall ab, ok? Als gelöst oder als ungelöst, was weiß ich denn?" Er sah Dr. Regner direkt in die Augen und meinte noch: „Was meinen Sie zu einem Glas guten Rotweines, hinten in meinem Büro, Herr Dr. Regner?"

„Naja," antwortete dieser, leicht belustigt, „das wäre keine so schlechte Idee, wo ich in meinem Beruf eine solche Einladung nicht ausschlagen sollte: könnte ich doch im Zuge eines kleinen Trinkgelages das eine oder andere Branchengeheimnis aus meinem Gesprächspartner herauslocken? Aber leider," schloss er „bin ich überzeugt, von Ihnen nicht ein Jota über Ihre Geschäfte und Ihre Verbindungen erfahren zu können! Liege ich richtig, Rabbi?"

Der Rabbi lächelte und sie verabschiedeten sich. Dr. Regner fuhr zurück ins Büro. Nun wusste er genau, dass der Fall abgeschlossen war: für ihn war sonnenklar, dass hier der Rabbi seine unnachsichtige Hand im Spiel gehabt haben musste! Die Frage war nur: aus welchem Grunde? Als Dr. Regner im Büro angekommen war, lief dieser Fall nur mehr amorph in seinem Kopf ab und er begann, die bürokratische Seite der Ablage dieses Falles gedanklich vorzubereiten…

Rabbis Geschenk an die Brüder

Die Brüder Ahmadi und Samim Sayyid saßen, obwohl dieser Überfall in der Schopenhauerstraße bereits über eine Woche her war,
noch immer geschockt an dem ovalen Esstisch in
ihrem Wohnzimmer. Nichts anderes als der Ver-
lust der 85 kg Kokain beschäftigte die beiden!
Ahmadi, der sowohl physisch als auch psychisch
Stärkere der beiden, saß nur da und zermarterte
sich das Hirn, wie sie wieder zu ihrer Ware kommen könnten: das war ein solch riesiger Posten
Koks, darüber MUSSTE in der Szene geredet
werden! Samim, der Jüngere, starrte seinen
Bruder über den Tisch hinweg an, strich sich
laufend über seinen Vollbart und mit einem Mal
rannen ihm die Tränen aus den Augen! Es
schüttelte ihn konvulsivisch, jetzt schlug er seine
Hände vors Gesicht und schluchzte herzzerrei-
ßend!

Ahmadi sprang auf, lief um den Tisch
herum an Samims Seite, schlang seinen rechten
Arm um dessen Schulter und flüsterte ihm zu:

„Hey! Hey, Brüderchen! Beruhige dich
bitte! Ich hab schon einen Plan, wie wir vielleicht an unseren Stoff kommen könnten, aber das
wird noch einige Tage dauern, ok?"

Er schüttelte seinen Bruder kurz, dieser sah
auf und Ahmadi grinste ihn aufmunternd an!

„Komm, wir machen uns jetzt einen schönen Tee, ja? Das wird uns ein wenig beruhigen
und dann arbeiten wir unseren Plan im Detail aus,
ok?"

Ahmadi hatte natürlich überhaupt keine
Ahnung, was das für ein Plan sein sollte, aber

sein Bruder tat ihm schrecklich leid: der war ein eher labiler, ängstlicher Typ, dem diese Schopenhauer-Sache furchtbar zugesetzt hatte! Noch am selben Tag hatte Samim hohes Fieber und Schüttelfrost bekommen und den restlichen Tag zumeist mit Kotzen auf der Toilette verbracht! Ahmadi jedenfalls wusste, dass sie beide mit den bereits von Lichtsam erhaltenen Riesenbeträgen sehr wohl und unkompliziert ein neues Leben beginnen konnten!

Samims Tränen waren vertrocknet, er nickte tapfer und Ahamadi wollte eben in die Küche hinaus, als sie einen Pfiff von der Straße hörten. Sie sahen sich fragend an, es war ein Pfiff, den man nicht überhören konnte! Ahmadi ging zum geöffneten Fenster und beugte sich vorsichtig hinaus. Wie er erwartet hatte, waren etliche andere Fenster ebenfalls geöffnet und die Bewohner blickten neugierig auf die Straße hinunter! Genau vis-a-vis von ihrem Fenster erblickte Ahmadi nun cincn großen dürren Mann, der ihm zunickte und nun bedeutete, dass Ahmadi hinunter kommen solle! Ahmadi dachte einige Sekunden lang nach: konnte das bereits die Abordnung eines Todeskommandos sein, welches vielleicht weiteres Rauschgift aus ihnen beiden herausquetschen sollten? Aber daran glaubte Ahmadi nicht: solch auffälliges Auftreten war nicht die Art in der Branche! Also nickte er leicht mit dem Kopf, drehte sich hin zu Samim und sagte eindringlich:

„Hör mal, Brüderchen! Ich gehe jetzt hinunter und treffe diesen Typen, der da unten wartet! Bin gespannt, was der uns zu sagen hat! Bleibe du hier, halte die Tasche mit unserer Not-Reserve bereit und wenn ich den Vornamen unseres Vaters heraufschreie, dann haust du über den Hof ab, setzt dich, wie wir schon einmal vereinbart hatten, am Hauptbahnhof in den Zug nach Budapest! Dort angekommen, rufst du von einem öffentlichen Fernsprecher die Nummer, die in der Seitentasche versteckt ist, an! Keinesfalls aber von deinem Handy, ok?"

Samim starrte seinen Bruder entsetzt an, dieser jedoch legte beruhigend seine Hand auf Samims Schulter, lächelte zuversichtlich und entfernte sich! Ahmadi ging langsam die Stufen im Stiegenhaus hinunter, trat dann hinaus auf die Straße und blieb stehen. Ihm gegenüber stand der dürre Mann. Dieser begann nun, die Straße zu überqueren und kam auf Ahmadi zu. Kurz vor ihm hielt er an:

„Hey, Junge!" sagte der Dürre leise und wies mit dem Kopf unauffällig nach rechts „Wir gehen jetzt hier vor, bis die Häuserzeile endet. Dort werde ich dir, ohne dass uns irgendwer belauschen könnte, eine Nachricht überbringen, ok?"

Damit setzte er sich in Bewegung, Ahmadi ging hinter ihm her bis an die Ecke. Dort hielt der Dürre an, drehte sich um und wartete, bis Ahmadi bei ihm angekommen war. Jetzt sah er Ahmadi direkt in die Augen und flüsterte:

„Heute Abend, um Punkt 20 Uhr, kommt ihr in den Armbrust-Laden vom Rabbi, klar? Dort werdet ihr alles Weitere erfahren! Also, dann!"

Damit drehte er sich nach links und ging die Straße, ohne sich ein einziges Mal umzudrehen, in Richtung Innere Stadt! Ahmadi stand wie versteinert: was war das eben? Und dass der Rabbi sich um sie, die beiden kleinen Stoff-Dealer, kümmerte? Hätten die beiden Brüder diese Nachricht von Sven erhalten, um keinen Preis in der Welt wären sie der Aufforderung nachgekommen! Aber der Name des Rabbi bürgte im Allgemeinen schon für eine gewisse Seriosität und somit entschlossen sie beide sich, den Termin wahrzunehmen!

Um Punkt 20 Uhr betraten die beiden Afghanen Rabbis Laden und blieben im Vorraum abwartend stehen. Gleich öffnete sich die Türe, die in die hinteren Räumlichkeiten führte und der Rabbi erschien.

„Gott zum Gruß!" rief er aufgeräumt „Wie geht es euch beiden denn so?"

Der Rabbi, allseits bekannte Größe in der Szene, kümmert sich um das Wohlergehen zweier afghanischer Dealer? Da stimmt etwas nicht! mutmaßte Ahmadi, blieb jedoch reserviert und antwortete:

„Naja, Rabbi, gar nix gute! Mussen kampfen mit ein ganze, ganze Probleme, wirklich große Probleme!"

„Und dieses ganz, ganz große Problem?" fragte der Rabbi gespielt interessiert „Das wäre, genauer gesagt, welches?"

Jetzt war Ahmadi unsicher geworden: was wollte der Mann von ihnen? Trachtete er nur danach, sie auszuhorchen? Aber ein untrügerisches Gefühl sagte Ahmadi, dass der Rabbi ihnen nichts Schlechtes wollte und er entschloss sich, mit der Wahrheit herauszurücken:

„Ja, Rabbi, so ist und vielleicht du haben schon gechert? Chat man weggenommen von uns eine große Posten Stoff, also gestohlt, ja, ganze einfache gestohlt! Und ganze Geld auch weggenommen, kaine Geld, kaine Stoff, nix! Viellaicht muss mir gehen zurick in Afghanistan!"

Na, klar, ihr beiden armen Schlucker! dachte der Rabbi amüsiert *Nichts habt ihr, oder? Und was ist mit dem bereits verdienten Geld von Günther, he?* Aber der Rabbi hatte dies alles nur hören wollen, um sicher zu gehen, mit den richtigen Leuten zu sprechen! Er bedeutete den beiden, zu warten, verschwand durch die Türe, durch die er gekommen war und kehrte kurz darauf mit einer eleganten dunkelblauen Sporttasche wieder. Ahmadi und Samim trauten ihren Augen nicht: sie kannten diese Tasche wohl und schüttelten nur mehr die Köpfe, als der Rabbi die Tasche auf den Ladentisch knallte:

„Hier, Jungs, sind eure Einkommaviermillionen, ok? Nehmt sie jetzt mit, und passt verdammt auf, dass euch keiner über die Rübe haut! Und wenn ihr einen gut gemeinten Rat hören wollt: diese Summe, zusammen mit dem bereits verdienten Geld von Günther Lichtsam, sollte für euer restliches Leben wohl ausreichen, oder?"

Noch immer standen die beiden mit aufgerissenen Augen da und konnten ihre Blicke nicht vom Rabbi wenden!

„Aber…," wollte Ahmadi beginnen, sich zu bedanken, aber der Rabbi schnitt ihm beinahe unhöflich das Wort ab:

„Hey! Erstens: Wollt ihr nun euer Geld zurück haben, ja oder nein? Ja? Dann nehmt die Tasche mit! Und zweitens: diese schöne Sporttasche, die möchte ich zurückhaben, ja? Also: dann ab mit euch, aber flott, ok?"

Damit trat er an die Türe und widerholte die Zeremonie, wie er sie dem Sven präsentiert hatte:

Türe mit der Linken aufhalten und mit der Rechten nach draußen weisen! Jetzt waren die beiden aus ihrem Schockzustand erwacht und bewegten sich: Samimi schnappte sich die Tasche vom Ladenpult und wollten an dem Rabbi vorbei, als er die beiden nochmals mit der erhobenen Rechten aufhielt und leise zu Ahmadi gewandt, sagte:

„Ich glaube, du bist Ahmadi?" Als dieser genickt hatte, sagte ihm der Rabbi leise ins Ohr:

„Mein Freund! Das ist ja noch einmal gut ausgegangen für euch, oder? Aber ich rate euch dringend, lasst in Hinkunft die Finger von solch Riesen-Deals: ihr weckt nur schlafende Hunde und ich kann euch garantieren, dass ihr nicht mehr lange zu leben habt, wenn ihr mit solchen Mengen dealt! Aus den beiden letzten Geschäften und auch aus diesem dritten hier, so meine ich, habt ihr genug Kohle beisammen, um euch in Hinkunft mit sauberen Geschäften abzugeben und ganz gut davon leben zu können, ok?"

Er sah Ahmadi mit schief gelegtem Kopf wartend an, dieser hatte begriffen und nickte heftig! Aber der Rabbi war noch nicht ganz fertig mit den beiden:

„Hört mal zu, Jungs: diese meinem Freund Günther verkaufte Super-Ware, die kriegen zwei so kleine Dealer wie ihr beide niemals ins Haus, ist doch klar oder? Also, da ihr jetzt wieder in Ordnung seid und wir uns sicherlich nicht mehr treffen werden, frage ich: woher hattet ihr dieses *Peruvian flex*? Ist doch jetzt schon egal, oder?"

Die beiden blickten sich kurz an, überlegten ein paar Sekunden und dann gab Ahmadi leise bekannt:

„Diese Stoff haben kriegt von eine Mann, eine Schwarze, er chat gecheißt Koyata, war von die nigerianische Land!"

Natürlich! dachte der Rabbi, *Wenn er sagt* **hat geheißt** *und dann noch* **war,** *dann haben die beiden ihn sicherlich um die Ecke gebracht! Aber was soll's? Ist doch eigentlich schon nicht mehr wichtig!*

Nun war alles gesagt und der Rabbi bedeutete ihnen, das Lokal zu verlassen!

Rabbis Entscheidung

Schmunzelnd schloss der Rabbi die Türe hinter ihnen ab und begab sich ins Wohnzimmer. Hier stand er eine Weile sinnierend, rieb sich einige Sekunden seinen Bart, bis er seinen bereits gestern gefassten Entschluss nochmals durchgedacht zu haben schien: er begab sich nach hinten in seinen Schieß-Tunnel, wo diese vier prall gefüllten Kartons verborgen lagen, die er Sven Greggson abgenommen hatte! Nachdem er das Versteck geöffnet hatte, kniete er sich nieder, beugte sich über die Grube, griff in den zuoberst liegenden Karton und holte eines der 1-Gramm-Päckchen mit dem Luxus-Stoff heraus. Danach verschloss er das Versteck wieder, ging zurück ins Wohnzimmer, wo er am Tisch Platz nahm und eine Tasse Tee trank. Dann verließ er seinen Laden und machte sich auf den Weg zu seinem Freund Nero.

Nero, allseits bekannter, von einigen kleinen Händlern gefürchteter Groß-Dealer, saß in seinem kürzlich angeschafften Relax-Sessel mit Massage-Funktion vor dem riesigen Fernseher und sah sich eine Tennis-Übertragung an. Eben griff er zu dem halbvollen Whisky-Glas, als unten jemand an der Haustüre den Türsummer betätigte. Nero sah etwas verärgert auf seine schwergoldene Rolex-Uhr: niemand war für heute und schon gar nicht für diese Zeit bei ihm angemeldet! Mit verdrossener Miene erhob er sich, ging zur Türe und betätigte den Knopf für die Gegensprechanlage:

„Ja, bitte?" fragte er mit unhöflichem Ton.

„Sei nicht gleich verstimmt, wenn dich ein alter Freund besuchen kommt!" hörte er die

Stimme des Rabbi durch das Mikrofon „Ich wette, du wirst glücklich sein, nachdem ich wieder weg bin, mein lieber Nero!"

Nero musste lächeln: der Rabbi, sein alter Geschäftspartner, war immer für eine Überraschung gut! Er drückte auf den Türöffner und kurz darauf saßen sich beide im Salon gegenüber.

„Na, du alter Wucherer?" fragte Nero nun „Wen sollen meine Leute denn diesmal höflich auffordern, zu bezahlen?"

Der Rabbi machte kein Anstalten zu antworten. Er saß nur da, blickte seinen Freund mit gesenktem Kopf von unten an und meinte dann:

„Hast du Verwendung für…sagen wir einmal…85 kg erstklassigen Stoff, genauer gesagt *Peruvian flex?*"

Neros Kopf war hochgefahren: er starrte den Rabbi ungläubig an, zog die Mundwinkel nach unten und fragte:

„Höre ich recht? Bist du, der Rabbi, vielleicht gar in dieses Riesending, von dem ja schon seit Wochen die ganze Branche flüstert, involviert?"

Des Rabbis Miene blieb unbeweglich und er fragte emotionslos erneut:

„Hast du?"

Jetzt wurde Nero unsicher: ausschließlich von dieser großen Lieferung wurde auf der Straße, in den Lokalen, ja sogar im Drogendezernat gesprochen! Und es sollte sich, nach verlässlichen Quellen, um den reinsten Stoff, den man sich nur wünschen kann, handeln, nämlich um *Peruvian flex!* Nero rutschte nervös auf seinem Sofa hin und her! Und der Rabbi blieb eiskalt: er wusste schon, ein solches Geschäft kann sich ein Nero niemals entgehen lassen! Aber der Rabbi brauchte Nero auch: er kannte zur Zeit niemanden außer ihm, der mit solchen ungewöhnlichen Mengen vernünftig umgehen konnte! Nero überlegte einige Sekunden und fragte:

„Sagtest du wirklich 85 kg, Rabbi? Das haut einen finanziell doch komplett aus den Socken, Rabbi! Wer soll denn so etwas, ohne Probleme zu bekommen, finanzieren können?"

Gleich darauf aber verzog er sein Gesicht zu einer Grimasse: natürlich wusste er, dass nur einer hier auf dem Markt die Mittel zum Ankauf einer solchen Menge haben konnte, nämlich der Rabbi selbst!

„Hör mal, Nero, mein Junge," meinte dieser jetzt ganz ruhig „ich habe den gesamten Stoff in Verwahrung! Und ich würde ihn dir für eben genau so viel übergeben, wie ich dafür finanziert hatte: nämlich exakt zwei Millionen!"

Es war völlig still im Raum. Nero dachte angestrengt nach: wenn die im Gerücht umlaufende Qualität wirklich stimmte, dann brauchte er die entsprechende Klientel, oder? Als hätte der Rabbi seine Gedanken erraten, meinte dieser nun locker:

„Und alle Aufzeichnungen über die Kunden für diese hochwertige Qualität, die liegen ebenfalls bei mir auf, Nero! Also, mein Freund, ein besseres Geschäft wirst du in hundert Jahren nicht ins Haus bekommen!"

„Bis wann muss ich zahlen, Rabbi? Das kannst du dir natürlich auch vorstellen, dass ich anfangs als neuer Lieferant mit dieser doch eher abgesetzten Kunden erst einmal klarkommen muss, oder?"

„Du weißt, dass du für ein Gramm von diesem Stoff leicht hundertvierzig Euro verlangen kannst! Also, wenn du zum Beispiel knapp 20 Prozent von dem Zeug an den Mann gebracht hast, hab ich mein Geld zurück und du bist schuldenfrei, Nero! Und ab dann geht es bei dir an das große Verdienen! Also, kommen wir nun überein in der Sache?"

Nero erhob sich, der Rabbi ebenfalls. Nero hielt dem Rabbi die offene Hand hin, dieser schlug ein und ein Geschäft mit ca. zwölf Millionen Euro Verkaufswert war fix vereinbart! Aber der Rabbi war noch nicht fertig: er blickte seinen Geschäftspartner längere Zeit direkt in die Augen, hob die Rechte, deutete mit ausgestrecktem Zeigefinger auf Nero und sagte:

„Bin zu meinem Ableben, mein lieber Freund, bekommt der Dürre Herbert von mir wöchentlich kostenlos fünf Gramm! Und wenn der HERR mich ruft, dann sollst du mit Herbert so weiterverfahren: jede Woche wird er sich von dir, ohne dafür zu bezahlen, fünf Gramm abholen! Und wenn du nun fragst, was der Grund für diese Zuwendung sein soll? Also, Der Dürre Herbert war maßgeblich daran beteiligt, dass diese beiden Verbrecher, Sven und sein Bullterrier, ihre gerechte Strafe erhalten hatten!"

Nero sah den Rabbi wortlos an. Für ihn war nun klar, wer für den Tod der beiden verantwortlich zeichnete!

„Das geht so in Ordnung, Rabbi!" bestätigte er kurz mit belegter Stimme und damit war diese Frage für beide auch geklärt.

Zwei Tage später hielt ein kleiner weißer Lieferwagen vor Rabbis Laden. Der Chauffeur, ein junger Mann orientalischer Herkunft, sprang heraus und betrat den Laden. Hier standen abholbereit vier Kartons mit 85 kg reinstem Kokain! In drei Minuten war alles im Wagen verstaut und gleich darauf war der Wagen abgefahren! Eine Viertelstunde vor dieser Übergabe war Nero in Rabis Laden gekommen. Hinten im Wohnzimmer überreichte der Rabbi seinem Freund das kleine Notizbuch mit dem weinroten Einband: Günther Lichtsams Bibel mit allen geschäftlichen Aufzeichnungen!

Der Rabbi stand noch eine Weile vor dem Geschäft und grüßte freundlich den einen oder anderen vorbeikommenden Bekannten. Dann begab er sich nach hinten in den Wohnbereich, nahm am großen Tisch Platz und murmelte:

„Nu, und wenn mein Freund Nero vielleicht umfallen sollte? Dann wird er sich wohl intensiv damit beschäftigen müssen, wie er mit meinen netten, kleinen Pfeilen fertig werden kann! Und dann habe ich noch immer die 6,2 Millionen aus dem Safe: die werde ich dem Herr Maroón schon noch abluchsen können: er weiß sowieso nicht, wohin damit! Schließlich ist das doch alles Drogen-Geld und dieses verabscheuen sowohl er selbst als auch sein Freund, dieser Bio-Chemiker in Kanada!"

Zufrieden legte der Rabbi sich nun lang ausgestreckt auf sein Sofa und genehmigte sich ein kleines Schläfchen…

Eine endgültige Anordnung

Diese Drogengeschichte begann, Harry auf die Nerven zu gehen: wie kam er eigentlich dazu, sich mit den Schicksalen des Lebensgefährten seines Freundes Pierre abzugeben? Und ohne dieses Geständnis auf dem Tonband hätte er den Rabbi doch nie kennengelernt, oder? Wie lange würde es brauchen, bis ihn einer der größeren Dealer beobachtete, wenn er des Rabbis Laden betrat? Aber was blieb ihm auch anderes über? Wegen diesem Scheiß-Drogengeld, welches Pierres Freund Günther angespart hatte, musste er mit dem Rabbi in Kontakt bleiben! Also, solch eine kleine Summe war das nun auch wieder nicht! Pierre würde das Geld nie und nimmer annehmen, dem Rabbi traute Harry zu, dass er ebenfalls nicht auf das Geld spitzte! Und er selbst? Harry wollte es eigentlich ebenfalls nicht haben: es war ja doch reines Drogengeld und mit welchen Überraschungen noch durfte er rechnen, würde er es behalten? Käme dann irgendeiner dieser Typen daher und könnte Anspruch darauf erheben? Indem er einfach behauptete, dieser Betrag resultierte aus einem mit Günther Lichtsam gemeinsam abgezogenen Deal? Na und? Was könnte er schon darauf antworten?

Harry hatte beschlossen, zum Rabbi zu gehen und die nächsten, aber doch endgültigen Schritte in dieser Drogen-Causa mit ihm zu besprechen! Er traf ihn, vor dessen Laden stehend, an, sie begrüßten sich herzlich und gingen hinein ins Wohnzimmer. Es war das erste Mal, dass der Rabbi Harry ein Getränk anbot: ob er Bier wolle? Aber gerne, meinte dieser, warm genug war es ja draußen! Nachdem sie einige Schluck getan und kurz im Small-talk verfallen waren, stand Harry auf und ging hinter seinem Stuhl auf und ab:

„Hören Sie, lieber Rabbi! Ich weiß überhaupt nichts über dieses Riesen-Drogengeschäft des Herrn Lichtsam! Ich weiß auch nicht, ob und wie Sie das erledigen konnten! Und, wenn ich ganz aufrichtig sein soll, ich wünsche mir, recht, recht weit weg zu sein von diesem Mord, von diesem Gift und von diesen 6,2 Millionen Euro, die dieser Günther Lichtsam hinterlassen hatte! Ehrlich gesagt, Rabbi, ich bitte Sie, dieses Geld so zu verwenden, wie Sie es für richtig erachten, ok? Ich für meinen Teil, ich möchte es nicht haben! Was meinen Sie dazu?"

Der Rabbi folgte seinen Worten mit interessierter Miene, öffnete die Arme, drehte die Handflächen nach oben und meinte:

„Sind Sie mit dem Geld so verfahren, wie wir vereinbart hatten?"

Harry nickte nur und der Rabbi fuhr fort:

„Ich komme Ihrem Wunsche gerne nach, Herr Maroón! Aber: es kann nicht schmecken, wenn man von der Hochzeitstorte nur den Rest zu naschen bekommt, oder? Also essen wir die Torte von Anfang an und ich werde Sie jetzt noch informieren. Und danach, wenn Sie möchten, sehen wir beide einander nie wieder, ok?"

Harry nickte wortlos und der Rabbi begann:

„Nun, Herr Maroón: der Mord an Günther Lichtsam - und er war ja auch mein langjähriger Freund - wurde gesühnt. Beide Mörder leben nicht mehr, Sie haben über die beiden in St. Marx aufgefundenen Leichen gelesen? Die beiden Afghanen-Brüder haben ihr Geld für die 85 kg Stoff voll und ganz erhalten. Das mit diesem Geld angekaufte Kokain wird nun durch einen der großen Bosse an die richtige Klientel weiterverkauft! Auch Dr. Regner wurde darüber verständigt, dass der Mord an Günther Lichtsam gesühnt wurde und er seine Bemühungen um Aufklärung am besten einstellen solle!"

Der Rabbi hatte ruhig, beinahe im Märchen-Erzähl-Stil gesprochen: wenn Harry ehrlich sein sollte, hatte er ihn auch genauso eingeschätzt!

„Holen Sie sich das Geld aus dem Safe, Rabbi!" sagte Harry irgendwie erleichtert „Ich möchte damit, auch wenn es schwer fällt, zu einem solchen Betrag nein sagen zu müssen, nichts zu tun haben! Ich möchte Ihnen dabei nichts dreinreden, aber da gibt es ausgezeichnet arbeitende Institutionen, die solch eine Summe wirklich dringend gebrauchen können!"

„Wenn das Ihr Wunsch ist, lieber Herr Maroón, dann soll es so sein!" bestätigte der Rabbi. Sie erhoben sich, reichten einander die Hände. Es war ein fester, besiegelnder Händedruck, in dem alles mitspielte, was Harry erlebt, erträumt und erhofft hatte: wenn er nun hier aus dieser Türe hinausging, würde er alles hinter sich gelassen haben, was ihn so lange Zeit bedrückt hatte!

181

Einiges zu viel für Dr. Regner

Eben war Dr. Regner von einem grauslichen und viel zu teuren Mittagessen zurück in seinem Büro, als er von einem diensthabenden Kollegen informiert wurde:

„Hey, Gustav! Da draußen in Simmering in der 2. Haidequerstraße hat man heute um ca. 11 Uhr in einem alten VW-Transporter die in eine Folie perfekt verpackte Männerleiche gefunden! Einer Funkstreifenbesatzung war der dort schon Monate lang geparkte Wagen aufgefallen, die Beamten hatten richtig reagiert und nun haben wir den Salat: die Leiche ist stark verwest, also laut ersten Recherchen war der Wagen bereits seit mindestens drei Monaten dort abgestellt!"

„Schon Näheres über die Identität des Toten bekannt?" fragte Dr. Regner kurz angebunden.

„Also, das darf ich sagen: die Kollegen hatten wirklich perfekt und auch schnell gearbeitet: der Tote ist ein gewisser Koyata Mbangun, naturalisierter Österreicher, hatte in Wien eine Adresse in der Böcklinstraße in der Leopoldstadt. Und, wie wir alle schon vermutet hatten: keine so kleine Gestalt in der Drogen-Szene!"

Dr. Regner meinte, sein sowieso schon belastendes Mittagessen käme ihm gleich hoch! Natürlich war das ein Fall für die Kollegen vom Rauschgift-Dezernat, aber instinktiv wusste er: das gehörte irgendwie zu den eigenartigen Vorfällen in Verbindung mit diesem ermordeten Günther Lichtsam oder gar mit dem Armbrust-Laden des Rabbi?

Schon am übernächsten Vormittag saß er mit dem Rabbi in dessen Wohnzimmer, beide hatten ihre Espressi auf den Beistelltischchen stehen, die Beine übereinandergeschlagen und sahen sich erwartungsvoll an! Dr. Regner räusperte sich kurz und begann:

„Herr Rabbi…also," er unterbrach sich kurz „Sie verzeihen, aber ich bin Polizeibeamter und das hört sich doch komisch an, wenn ich nicht einmal Ihren Nachnamen kenne, oder?"

Völlig emotionslos meinte der Rabbi darauf:

„So jung bin ich nun auch wieder nicht und bis dato kamen alle meine Bekannten und Kunden mit dem „Rabbi" ganz gut zurecht, ok?"

Dr. Regner seufzte resigniert, hob kurz die Augenbrauen und fuhr fort:

„Ok, ich sollte Sie an die Ausweispflicht erinnern, Rabbi, aber schließlich möchte ich ja einiges von Ihnen erfahren! Und das werde ich wahrscheinlich nur, wenn wir gute Bekannte bleiben, oder?"

Der Rabbi lächelte und antwortete:

„Versuchen wir´s doch einmal, ja?"

Dr. Regner war sich natürlich im Klaren, dass er weder Details zu den Drogen-Morden noch tiefergehende Auskunft über das Wiener Drogen-Netz erfahren würde! Er dachte einige Sekunden nach und fragte:

„Können Sie sich die Probleme eines Kriminalbeamten nur ein klein wenig vorstellen, Rabbi? Wir laufen ständig irgendwelchen Verbrechern hintennach, zumeist kriegen wir sie, aber manches Mal kommen wir einfach nicht weiter! Wie zum Beispiel in den Fällen Günther Lichtsam, Roman Lobner, Sven Greggson samt Leibwächter, oder Koyata Mbangum…"

Dr. Regner war ein ausgezeichneter Beobachter und sofort war ihm aufgefallen, dass des Rabbis Augenlider sich bei der Nennung des Namens Lichtsam kurz gesenkt hatten!

„…und nun geht es mir einfach nicht aus dem Kopf, Rabbi," fuhr er vorsichtig fort „dass möglicherweise Sie selbst das eine oder andere Detail zu diesen Morden kennen könnten? Und es mir nicht mitteilen wollen, oder dürfen…?"

Der Rabbi nahm einen Schluck aus der Tasse, spitzte die Lippen und klärte den Beamten auf:

„Nun, Herr Dr. Regner: ich will doch ehrlich sein: dieser Günther Lichtsam, das war mein wirklich guter Freund! Er benahm sich immer korrekt, ehrlich und ich durfte ihm einige Male bei seinen Geschäften finanziell unter die Arme greifen!"

„Und - natürlich muss ich das fragen - um welche Geschäfte handelte es sich dabei?"

„Keine Ahnung, lieber Herr, wirklich: keine Ahnung! Aber meine Unterstützungen dürften ihm immer wieder sehr geholfen haben! Zumindest erzählte Günther mir gerne von seinen erfolgreichen Abschlüssen!"

„Aber, aber, mein lieber Rabbi!" meinte Dr. Regner kopfschüttelnd „Und nie hatten Sie sich erkundigt, wofür Herr Lichtsam Ihre Mittel verwendet hatte?"

„Herr Dr. Regner! Das ist so bei mir: wenn einer nicht von selbst aus seiner Höhle herausgekrochen kommt, dann lasse ich ihn in Ruhe! So einfach läuft es bei mir! Verstehen Sie?"

Dr. Regner starrte eine Weile vor sich hin und meinte dann so nebenbei:

„In dem Transporter, in dem man die Leiche dieses Koyata gefunden hatte, konnten die Spürhunde der Drogen-Abteilung jede Menge Spuren von Kokain wittern! Und Sie kannten diesen Koyata nicht persönlich?"

„Nicht einmal sein Name ist mir geläufig, Herr Dr. Regner! Und ich sage Ihnen jetzt ganz ehrlich: könnte ich Ihnen helfen, diese grauslichen Morde im Detail aufzuklären, ich hätte dies doch schon längst getan!"

Damit sah er Dr. Regner emotionslos und direkt in dessen Augen. Dieser erkannte, dass er hier gegen eine Betonwand anrennen würde! Aber einen allerletzten Versuch wollte er noch starten:

„Herr Rabbi! Wir hatten dieses von Herrn Maroón an mich ausgehändigte Tonband genauestens untersuchen lassen und natürlich festgestellt, dass es ein zusammengeschnittener Bericht sein musste! Und äußerst interessant noch: nicht die Spur eines Fingerbadruckes konnten wir darauf finden!"

„Und warum erzählen Sie mir das alles?" fragte der Rabbi mit unschuldiger Miene „Eher könnten Sie, Herr Regner, meinen Fingerabdruck auf einer Mond-Rakete finden!"

Dr. Regner gab auf. Er trank seinen Espresso aus, man verabschiedete sich und Dr. Regner fuhr zurück ins Büro. Gar nicht gut fühlte er sich jetzt: war er nun auf den Arm genommen worden, oder war er nur ganz einfach an eine unsichtbare Mauer des Schweigens angerannt? Instinktiv wusste er: es war die Mauer gewesen!

Der Rabbi stand noch ein paar Minuten vor seinem Laden und murmelte vor sich hin:

„Um meinen lieben Günther rächen zu können, dafür, mein lieber Herr Kommissar, brauche ich wohl niemandes Hilfe...".

Eine weitere Klärung

Harry Maroón saß im Büro seines Chefs, Dr. Lehner, diesem gegenüber. Nachdem die Sekretärin die Kaffees serviert hatte, meinte Dr. Lehner in lockerem Ton:

„Also, mein lieber Maroón: Sie hatten doch recht mit Ihrer Annahme, dass die geheimen Daten vielleicht noch gar nicht aus dem Unternehmen herausgeschmuggelt worden waren! Unsere Gurus konnten dies nach intensiven Recherchen mit Sicherheit dann doch herausfinden! Und darauf, mein lieber Maroón, trinken wir jetzt schon einen, oder?"

Er erhob sich, wandte sich um zu dem Wandverbau hinter ihm und öffnete eine in Kopfhöhe befindliche Türe, die eine wohlbestückte Bar verbarg! Er entnahm ihr zwei kristallene Cognac-Gläser sowie eine Flasche mit altem Weinbrand, goss die Gläser halbvoll und sie stießen auf die gute Nachricht an!

Du lieber Himmel! dachte Harry *Ein Werks-Spionage-Fall, der hätte mir in meinen Schlamassel mit Pierres Freund Lichtsam gerade noch hineingepasst, oder?*

Eine beruhigende Verwendung

Es war ein Freitag, Harry kam spätabends hundemüde vom Büro nach Hause. Als er eben die Türe aufgesperrt und sie geöffnet hatte, fand er auf dem Fußboden, praktisch unter der Türe durchgeschoben, ein hellbraunes Kuvert auf dem Boden liegen. Er hob es auf, legte es vorerst auf das kleine Tischchen im Vorzimmer und zog sich um. Dann nahm er das Kuvert mit ins Wohnzimmer, setzte sich gemütlich in seinen Lesefauteuil und öffnete den Umschlag. Er fand nur einen maschinebeschriebenen A5-Zettel mit dem folgenden Wortlaut:

Lieber Herr Maroón!
Wie mit Ihnen vereinbart, habe ich an fünfzehn verschiedene Hilfs-Organisationen, sowohl hier in Österreich als auch im Ausland, je 400.000 Euro als Spende überwiesen. Als Absender habe ich natürlich weder Sie noch mich selbst eingetragen, aber wer nun wirklich gespendet hat, das dürfte den Begünstigten letztendlich egal sein, oder? Ich hoffe, in Ihrem Sinne gehandelt zu haben und grüße Sie mit Hochachtung vor Ihrer vernünftigen Entscheidung, Ihr ergebener
Freund
Ps: Sie erlauben, dass ich die restlichen Zweihunderttausend Euro für meinen Einsatz hinsichtlich der Regulierungen im Falle Lichtsam einbehalten darf? Dass Sie diesen Brief sofort verbrennen werden, darauf darf ich mich doch verlassen?

Ein Fach-Gespräch

Oberinspektor Dr. Gustav Regner saß mit seinem Kollegen Max Harthammer vom Drogendezernat bei einem Glas Wein im Garten eines gut besuchten Heurigenlokales in Nussdorf zusammen. Sie hatten sich bereits beim Buffet bedient, fertig gegessen und nun ihr zweites Glas bestellt. Dr. Regner blickte ein wenig gedankenverloren in sein Glas, bevor er zu sprechen begann:

„Das ist doch ein interessanter Fall, mein lieber Max: kein einziges Gramm Gift ist mir und auch euch in diesem Fall auf den Tisch gekommen, stimmt´s?"

Harthammer nickte zustimmend:

„Aber alle Opfer, die uns präsentiert wurden, stammten aus dem Milieu, nicht?"

„Richtig, Max!" bestätigte Dr. Regner „Weder dieser Lobner da im 5. Bezirk, ein polizeibekannter Dealer, dann dieser Sven Greggson und sein Bodyguard in der Lagerhalle, beide tief im Gift drinnen, dann noch dieser Lichtsam, erschlagen in der Wohnung seines vollkommen unschuldigen Freundes…und Spuren: NULL! Also wir hängen da ganz ordentlich in der Luft, wie?"

„Naja, Gustav, aber die Morde an den beiden Drogenleuten dort in der Lagerhalle, die sind eigentlich geklärt, oder?"

„Sind sie natürlich nicht, mein lieber Max!" antwortete Dr. Regner „Es hat eben nur ein Unbekannter schriftlich die Verantwortung für die Exekution übernommen! Und damit war auch klar, wer für den Mord an diesem Günther

Lichtsam in der Wohnung in der Schopenhauer-straße verantwortlich war! Und obwohl wir in der Causa Lobner, diesem in der Kohlgasse erstochen aufgefundenen Drogendealer, nicht eine einzige Spur sichern konnten, bin ich doch überzeugt, dass dies alles in einem einzigen, großen Spinnennetz zusammengefasst werden kann!"

Dann schwieg er, nippt an seinem Zweigelt und sah seinen Kollegen mit verzweifelter Miene an. Harthamer wiegte seinen Kopf und meinte dazu:

„Hör mal, Gustav! Wir rennen diesen Scheiß-Kerlen jahrelang nach, einmal kriegen wir einen zu fassen, während in der selben Zeit weitere einhundert Kilogramm Gift ins Land geschleußt werden! Das ist einerseits zum Verzweifeln, da gehe ich mit dir konform, andererseits jedoch denke ich, dass, wenn wir nicht da wären, die halbe Bevölkerung süchtig wäre, oder?"

Dr. Regner hob sein Glas, Max ebenso, sie prosteten sich zu und Dr. Regner schloss ab:

„Ich habe diese ganze Geschichte mit dem Vermerk *„Ungeklärt"* ad acta legen lassen! Der Einzige nämlich, der uns mehr Licht in diese Mordfälle bringen könnte, ist dieser Rabbi, der mit dem Armbrust-Laden! Und natürlich kennen wir zwischenzeitlich auch dessen richtigen Namen: Aaron Weintraub! Ich bin überzeugt, der Mann ist schwer in alle diese Fälle verwickelt, in welcher Form auch immer! Aber er strahlt solch eine Aura von Unschuld aus, dass man bei ihm nie weiß, wie er was meint! Er ist wie eine Mauer, Max, eine dicke, hohe und undurchdringliche Mauer, an der sich jeder, den er nicht einweihen möchte, den Schädel einrennt!"

Harthammer blickte sein Gegenüber direkt an, schluckte einmal kräftig und fragte:

„Und, Gustav? Was Neues von deiner Lisbeth?"

Dr. Regner senkt kurz seinen Kopf, nickte ein paar Mal leicht und antwortet:

„Also, mein lieber Max, es ist jetzt so mit ihr...."

Der Schluss-Strich

Pierre und Harry saßen bei einer Flasche schönem, altem Zweigelt Barrique gemütlich auf der Terrasse von Harrys Häuschen an der Alten Donau beisammen. Das Wetter war lau und der leichte Wind trug den typischen Geruch von feuchter Natur zu ihnen her. Es waren nun doch schon einige Monate seit Harrys schrecklichem Fund in Pierres Wohnung in der Schopenhauer Straße vergangen. Von Dr. Regner hatten sie beide erfahren, dass sämtliche Nachforschungen aufgrund Aussichtslosigkeit der Ermittlungen eingestellt worden waren. Somit war wieder Ruhe und Alltag bei den beiden Freunden eingekehrt und nur sporadisch kamen sie auf dieses unerfreuliche Thema zu sprechen.

Aber gerade heute, und sie konnten das nicht ergründen, kamen sie auf Pierres verstorbenen Freund, auf Günther Lichtsam zu sprechen! Harry konnte beinahe körperlich spüren, dass Pierre über Günther sprechen wollte und nahm sich heraus, ungefragt damit zu beginnen:

„Du hattest mir ja nie etwas von Günther erzählt, Pierre!" sagte Harry leise „Obwohl du doch meine höchst liberale Einstellung zur Homosexualität kennst! Willst du mir heute sagen, warum du dich so verhalten hattest?"

Pierre starrte einige Sekunden zu Boden, dann hob er den Kopf, sah seinen Freund an und dieser konnte eine tiefe Traurigkeit in Pierres Augen erkennen!

„Ja, Harry, du hast recht: du eigentlich hättest als mein ältester und bester Freund der Erste sein müssen, dem ich mein Geheimnis

192

anvertrauen hätte sollen! Aber..." er unterbrach sich, presste die Lippen zusammen, atmete lange aus und fuhr fort „...ich wusste von seiner Tätigkeit als Drogen-Dealer, Harry! Nie allerdings hatte ich versucht, mit ihm darüber zu diskutieren, ihn davon abzubringen oder gar so weit kommen zu lassen, böse auf ihn zu sein! Dafür hatte ich ihn zu sehr geliebt, Harry!"

Er stockte und Harry erwartete die ersten Tränen! Und prompt rannen diese schon Pierres Wangen hinunter! Pierre lehnte sich zurück, holte tief Luft und bedeckte sein Gesicht mit den Händen. Harry war aufgestanden, trat hinter ihn, legte seine Hände beruhigend auf seines Freundes Schultern und sagte leise:

„Müssen wir denn immer nur perfekt sein, Pierre? Dürfen wir in unserem Leben denn nie auch nur einen einzigen, kleinen Fehler begehen? Günther hatte sich falsch entschieden, das war es! Nicht ein Gramm Schuld hattest du dabei, als du dich entschieden hattest, niemandem davon zu erzählen! Und wem denn auch? Ja, vielleicht doch mir, deinem alten Kumpel Harry, naja... Aber, denke mal kurz und ehrlich nach, Pierre: hätte das geholfen? Wäre Günther dann nicht in die Hände dieser Mörder geraten? Ach, was wissen wir denn schon wirklich? Sein Schicksal, lieber Freund, war bestimmt, so ist das! Aber die Zeit, Junge, die Zeit heilt doch wirklich alle Wunden, oder? Und ich bin bei dir und hoffe inständig, dass du bald wieder einen Menschen finden wirst, der dich innig lieben kann!"

Harry nahm wieder Platz in seinem Korbsessel, Pierre hatte aufgeblickt und Gott sein Dank: er lächelte wieder! Sie nahmen ihre Gläser auf, stießen an auf ein neues Leben und dieser wunderbare, laue, leichte Wind machte alles ein wenig erträglicher…

Etwas Nostalgie noch...

Harry hatte den Rabbi nie wieder gesehen! Einige Jahre danach ging er durch die Gasse, in welcher der Rabbi seinen Armbrust-Laden geführt hatte. Es war Mitte November und ein eiskalter Wind fegte durch die Stadt. Das Geschäft war nun ein Geschäft für Kindermoden. Und es hatte doch sehr den Anschein, dass auch dieses Geschäft mit seinen blinden Auslagen und dem halbverrosteten Türrahmen auch wieder nur als Deck-Adresse dienen könnte! Neben dem Armbrust-Laden des Rabbis hatte es immer schon eine kleine Weinhandlung gegeben. Und sie existierte noch! Harry betrat das Geschäft. Der Besitzer kam ihm sofort entgegen und fragte höflich nach Harrys Wünschen.

„Pardon," sagte dieser „ich hatte da einmal einen guten Bekannten, einen gewissen Aaron Weintraub! Und er war allgemein bekannt als der...*Rabbi*? Wissen Sie vielleicht Näheres über ihn?"

Das Gesicht des Weinhändlers wurde ernst, seine Brauen zogen sich stark zusammen und er dachte eine Weile nach:

„Wissen Sie, mein Herr, ich hatte nie in meinem Leben einen besseren Menschen kennengelernt! Für alle war er da, immer freundlich, höflich und hilfsbereit! Aber wenn man ihn reizte, also seine Geduld über Gebühr beanspruchte, ououh! Da konnte er so kalt sein wie ein Eisberg und auch so mächtig und so unbarmherzig!"

„Und," wollte Harry weiter wissen „lebt er noch? Und wenn ja, wo, bitte?"

„Der Rabbi, dieser stattliche Mann mit der silbernen Löwenmähne, mit den Riesenhänden und mit seinen unglaublichen Verbindungen überall hin: eines schönen Tages brach er genau hier vor seinem Geschäft zusammen: Herzinfarkt! Jawohl! Aus, fertig, mein Herr!"

Harry war nicht sonderlich überrascht: des Rabbis Herz hatte Zeit seines Lebens sicherlich eine Menge Stress auszuhalten gehabt!

„Und darf ich noch fragen: Sie wissen vielleicht, wo liegt er denn begraben?"

„Auf dem Simmeringer Friedhof! Und das soll ich auch noch erwähnen, lieber Mann: noch nie hatte ich bei einem Begräbnis so viele Trauergäste gesehen! Aber das war doch das Unglaubliche: es gab keine Parte, aber im ganzen Viertel hatte sich der Begräbnistermin wie ein Lauffeuer ja doch herumgesprochen! Naja,…und erst auf dem Friedhof, lieber Herr, das glauben Sie doch wirklich nicht, erst auf dem Friedhof hatte ich seinen wirklichen Namen erfahren: Aaron Weintraub! Tja…"

Ein letztes Gespräch

Harry ging zurück zu seinem Wagen, setzte sich hinein und überlegte: nach Simmering hinaus war es doch wirklich nur ein Katzensprung, oder? Und dieser Rabbi, nun, das war so einer von diesen Typen, die ihm gefallen hatten, die ihm nicht aus dem Kopf gingen! Über den Handelskai ging es am schnellsten und in nicht einmal dreißig Minuten parkte Harry seinen Wagen gegenüber dem Haupteingang des Friedhofes.

Er betrat das Büro der Friedhofs-Verwaltung und erkundigte sich nach dem Grab eines Aaron Weintraub. Doch was nun kam, darauf war Harry aber wirklich nicht gefasst: die Angestellte am Empfang, ein ca. 25 Jahre junges Ding mit wallend schwarzem Haar und südländischen Glutaugen, starrte ihn plötzlich an, als wäre er ein Wesen von einem anderen Stern! Sie wandte sich um und winkte ihren Kollegen, einem sicherlich schon längst in Pension gegangenen Buchhaltertyp, zu sich her! Als dieser das Pult erreicht hatte, flüsterte ihm seine junge Kollegen aufgeregt zu:

„Der Herr kommt zu Weintraub, zu Aaron Weintraub…!"

Die Augen des Buchhalters weiteten sich erschreckt! Er verschränkte seine Hände wie zum Gebet vor der Brust, fixierte Harry einige Sekunden und sagte dann leise:

„Sie…Sie waren nicht auf dem Begräbnis des Herrn Weintraub?"

Das Ganze erschien Harry jetzt wie eine Dramödie! Er zog unwillig die Brauen zusammen, senkte ein wenig den Kopf, machte ein

197

extrem böses Gesicht und sagte mit heiserer Stimme:

„Wollen Sie mir jetzt, und zwar sofort, die Reihe und die Grabnummer von Aaron Weintraub nennen, he?!"

Beide zuckten zusammen, der Buchhalter entnahm einem Fach unterhalb der Pultplatte einen Almanach und legte ihn vor sich auf das Pult. Nun schlug er ihn auf, blätterte mit zitternden Fingern die entsprechende Seite auf, fuhr mit dem Finger die Eintragungen von oben nach unten entlang, bis er an einer gewissen Zeile hielt:

„Hier haben wir ihn schon, Ihren Aaron Weintraub, mein Herr! Also: Reihe 7, Grab Nummer 144! Ich kann Ihnen…"

„Nein vielen Dank!" wehrte Harry ab „Ich finde schon alleine hin! Aber…" jetzt blickte er dem Mann direkt in die Augen und sagte leise:

„Was, bitte, war das vorhin? Was hatte Sie und Ihre Kollegin so erschreckt, als ich Ihnen den Namen meines Freundes nannte?"

Der Mann blickte nervös im Raum umher, hob wie hilflos seine Arme seitlich hoch und flüsterte Harry zu:

„Aber Ihr verstorbener Freund, mein Herr, das…das…war doch der ungekrönte…Drogenkönig von Wien, oder? Und alles war hier an seinem Begräbnis: die gesamte Drogenwelt hatte sich versammelt, um Abschied von Weintraub zu nehmen! Und jede Menge Kriminalbeamte und natürlich Adabeis zu Hauf waren gekommen! Ich weiß dies alles doch nur, weil mich jemand angerufen und mir das alles vorausgesagt hatte! Ich, also…"

Er konnte oder wollte nicht weiterspre-
chen. Harry nickte verständig, als ob ihm das
alles sowieso bekannt gewesen wäre. Er grüßte
und begab sich hinaus zu den Gräbern. Gleich
hatte er des Rabbis Grab gefunden, ein wenig ver-
wahrlost sah es aus. Eine uralte Linde beugte ihre
kahlen Äste wie schützend über Rabbis Grab.
Harry stand vor der Granitplatte, unter der Aaron
Weintraub, alias *Der Rabbi*, für immer ruhte.
Irgendwie fühlte Harry sich wohl hier: kein Auto-
lärm, keine Menschenmassen! Stille, völlige Stille umgab ihn. Nur das Krächzen etlicher Raben,
die wie schwerelos über die letzten Ruhestätten
von Menschen segelten, so als wollten sie mit
jedem leichten, unhörbaren Flügelschlag die
Ruhe der Ewigkeit unterstreichen! Am Kopf des
Grabes bemerkte Harry einen kleinen Klappstuhl.

„Hatten Sie ihn gekannt?" fragte plötzlich
eine gedämpfte Stimme neben Harry. Der wandte
sich nach rechts und erblickte einen hageren,
etwa einsachtzig großen Mann mittleren Alters
mit blondem, spärlichem, hinten zu einem
Schwänzchen zusammengebundenem Haar. Er
war schlecht gekleidet, seine sichtbar abgesto-
ßene Winterjacke sowie seine ausgefransten Jeans
und die abgetretenen, dieser Jahreszeit nicht ent-
sprechenden Sportschuhe ließen darauf schließen,
dass er über kein besonders beachtenswertes
Einkommen verfügen dürfte! Harry wollte nicht
unhöflich sein und nickte leicht.

„Pardon, mein Herr," sprach der Fremde
weiter „ich hoffe, ich belästige Sie nicht über
Gebühr, aber: war er ein Freund von Ihnen?"

„Naja," antwortete Harry nach einigem
Nachdenken, wiegte ein wenig den Kopf und

antwortete wahrheitsgemäß „er war nicht nur ein Freund, mein Herr, der Rabbi war ein großartiger Mensch, zumindest für mich!"

„Ja," bestätigte darauf der Fremde „er hatte ein wunderbares Talent zu erkennen, wem er seine Hilfe zukommen ließ: und interessanterweise, so glaube ich, hatte er sich nie getäuscht"…er brach ab, hielt seinen Kopf ein wenig gesenkt, ehe er fortfuhr: „…mir hatte er immer geholfen, wissen sie? Ich bin der Dürre Herbert, wie sie mich alle rufen! Und nur Scheiße hatte ich in meinem Laben gebaut! Niemand hatte mir je irgend eine Art von Hilfe angeboten, aber der Rabbi, ja, der Rabbi und auch sein Freund, der Günther, die hatten immer ein Herz für solch unglücklichen Typen, wie ich einer bin, jawohl!"

„Diesen Günther, Sie…meinen doch nicht den…Günther Lichtsam?" unterbrach ihn Harry überrascht.

„Na, freilich!" entgegnete der Dürre Herbert und senktc plötzlich seine Stimme: „Den hatten sie auch gekannt? Der hatte mir auch immer ein paar Gramm von seinem Wunderstoff überlassen! Gratis, versteht sich!"

Harry begann sich zu wundern: ohne, dass dieser Typ ihn kannte, erzählte er ihm von seinen Rauschgiftgeschäften? Der trat jetzt einen Schritt auf Harry zu, hielt ihm seine Hand hin und dieser schüttelte sie kurz. Dann meinte der Dürre Herbert noch, indem er auf den Klappstuhl deutete: „Jeden Tag, ob Sie es glauben oder nicht, komme ich hierher, setze mich auf meinen Klappstuhl und rede mit dem Rabbi! Ich bin ihm wirklich dankbar! Wissen Sie, sogar für die Zeit nach seinem Ableben hatte der Rabbi für mich gesorgt:

er lässt mich einfach nicht verkommen: jede Woche darf ich mir an einer Adresse in Wien ein wenig Hilfe abholen! Gratis, verstehen Sie?"

Er brach ab, seine Stimme bekam einen erstickten Klang. Jetzt schwieg er, nickte einige Male und plötzlich beugte er sich hin zu Harry und meinte flüsternd:

„Aber unter uns, mein lieber Herr: der Rabbi, der konnte auch anders sein, oh ja! Wenn Sie sich vielleicht erinnern an die beiden in der Lagerhalle in St. Marx ermordet aufgefundenen Dealer?" Jetzt kam er noch einen Schritt näher an Harry heran und fuhr fort: „Diese Adresse, die hatte der Rabbi von mir bekommen! Und da bin ich mir ganz sicher, dass er mit diesen beiden Toten irgendwie zu tun hatte! Sie hatten doch auch davon gehört?"

Er blickte angstvoll um sich und Harry nickte kurz:

„Jaja, ich weiß, lieber Herr Herbert! Heute können wir offen darüber sprechen, denn der Rabbi ist ja nicht mehr! Und ich glaube mit Bestimmtheit sagen zu dürfen: er hatte in dieser Sache wohl richtig gehandelt!"

Die Augen des Dürren Herbert wurden groß:

„Was…was meinen Sie denn mit *dieser Sache*?"

Harry blickte ihm direkt in die Augen, lächelte und zwinkerte mit einem Auge! Jetzt dürfte der Dürre Herbert doch verstanden haben! Er deutete mit dem rechten Arm und ausgestrecktem Zeigefinger auf Rabbis letzte Ruhestätte und meinte nachdenklich:

„Wie oft schon habe ich mich gefragt, warum immer diese verdammten, zumeist ja in der Politik zu findenden Drecksäcke überleben? Nämlich die, die auf Kosten ihres Volkes in Saus und Braus und wie die Maden im Speck leben, während große Teile ihres Volkes in Armenvierteln dahinvegetieren! Und die nicht wissen, wie sie den nächsten Tag überstehen können! Aber die Guten, die müssen sterben, oder?"

Schweigend standen die beiden Männer am Grab und hingen ihren Gedanken nach. Dann reicht Harry dem Dürren Herbert die Hand und meinte noch gutmütig und mit einem Augenzwinkern:

„Naja, mein Herr, wenn der Rabbi immer so gut zu Ihnen war, dann…naja, also dann könnte man vielleicht sein Grab ein wenig besser in Schuss halten, was meinen Sie?"

Fleißig nickte der Dürre Herbert und grüßte noch mit leicht erhobenem Arm. Harry ging diese ganze Angelegenheit, die ja doch schon einige Zeit zurücklag, nochmals im Kopf durch und kam zu dem Schluss:

Inwieweit man den Rabbi zu den „Guten" zählen durfte, das wollte Harry nicht beurteilen. Aber der Rabbi lebte eben, so meinte er, nach dem Motto:

„Auge um Auge, Zahn um Zahn…".

202

Es ist die Gier. Allen Anstand vergessen machende Gier. Weil es dabei um unglaubliche Gewinne geht und dieses Geld bringt schwachen, hoffnungslosen oder profilierungssüchtigen Typen das, was sie in ihrer Entwicklung wahrscheinlich nie bekommen hatten, nämlich Aufmerksamkeit. Mit den unvorstellbaren Geldmitteln aus diesem dreckigen Geschäft stehen sie unter ihresgleichen plötzlich auf dem Podium der Anerkennung, im Fokus des Neides und sie vergessen darüber, was sie mit ihrer gefährlichen Handelsware alles kaputtmachen. Und letzten Endes oft auch sich selbst.

In dieser zutiefst schändlichen Branche darf es eigentlich keine Helden geben, keine sympathischen oder ehrlichen Typen. Es handelt sich hier um Menschen, die mit Rauschgift handeln und sich eine goldene Nase dabei verdienen, also ganz einfach bezeichnet: um elende Verbrecher. Um skrupellose Menschen, die keinen Gedanken daran verschwenden, ob sie mit ihrem gehandelten Gift Erwachsene oder Kinder umbringen: ob sie mit ihrem suchtbringenden Stoff ahnungslose Jugendliche, hochintelligente Manager, Kaufleute, Rechtsanwälte oder ganze Familien ins Unglück stürzen! Es ist und bleibt ein grausiges Geschäft. Und niemand braucht auch nur einen Funken Mitleid für ermordet aufgefundene Dealer aufbringen! Obwohl auch zumeist diese Kinder von wehrlosen Eltern sind: aber die Verbrecher mussten eigentlich damit rechnen, so zu enden…

****

Auch das gibt es von O. F. Schwarz:

Mord war mein Geschäft
Kriminalroman
ISBN   9 783751950138
E-Book 9 783752651621

Klinik des Grauens
Thriller
ISBN   9 783752648805
E-Book 9 783752656701

Stirb unter meinem Eichenblatt
Kriminalroman
ISBN 9 798818443232
+ Kindle

Du hast null Chance
(*Ich bin´s, dein Alkohol...*)
Veröffentlichung im Herbst 2023

Heilende Hände
Science fiction
(Veröffentlichung Herbst 2023)

Geständnisse im Stau
Unglaubliche Stau-Bekanntschaften
(Veröffentlichung im Winter 2023)

Erhältlich direkt
bei BoD, bei Amazon, oder im Buchhandel!